Noche de penas

Ani Palacios

Noche de penas
Todos los Derechos de Edición Reservados
©2014, Ani Palacios
Pukiyari Editores
Imagen de Portada: Shutterstock
Foto de Autor: Mariana Quevedo

ISBN-10:163065017X
ISBN-13:978-1-63065-017-9

Pukiyari Editores
www.pukiyari.com

A Mariana, Camila y Diego;
mi pasado, mi presente, mi futuro

El extraño pedido

Un hombre y una niña aparecieron en mi casa un buen día al atardecer. Yo acababa de despedirme de un cliente a quien le había leído las cartas, cuando los vi en la entrada, de pie, sin inmutarse ni exasperarse por los minutos de antesala, tranquilamente esperando a que yo saliera para darles el encuentro.

No los reconocí. No eran clientes con los que hubiera tratado con anterioridad, y estaba segura de que no tenían cita.

De pronto me di cuenta de que tampoco los vi llegar. Ningún automóvil estaba estacionado allá afuera. Me pregunté por dónde habrían venido, pues mi hogar se encontraba alejado de las carreteras comunes.

Los recibí en la puerta. No los hice pasar. Mientras los saludaba, me tomé un segundo para fijarme en detalles de su apariencia.

No parecían estar relacionados. Él llevaba puesta una capa hecha en casa con pedazos de trapos y materiales de diversos colores. A mí se me hizo como uno de esos disfraces que los niños arman, con lo que encuentran a la mano, cuando en sus fantasías se convierten en algún héroe con súper poderes. El resto de sus prendas aparecían raídas, ajadas, descoloridas. Gotitas de agua destilaban por encima de la capa y caían de rato en rato sobre mi porche, mientras él explicaba la razón de la visita. Dentro de la jocosidad de su atuendo, su porte era majestuoso.

La niña se hallaba parada a su costado, tomada de su mano, tímida. Pude observar que su rostro estaba completamente deformado. De primera vista, su presencia era aterradora. Me pareció que los estragos en su carita fueron causados por fuego. Su cabello largo y chamuscado olía a quemado, su piel aparecía derretida sobre los huesos y uno de sus ojos se encontraba casi fuera de su órbita. Pero lo que llamaba la atención de este ser no era su aspecto repulsivo, sino un extraño resplandor que parecía envolverla, una luminosidad que hasta el día de hoy no sé cómo explicar con palabras.

Hacía un calor muy fuerte. Les pedí permiso y entré en la casa para buscar una jarra con limonada y unos vasos. Cuando regresé con el azafate para las visitas, dos sujetos se habían unido al grupo. No supe de dónde salieron. Tampoco esta vez vi ningún automóvil estacionado en el césped frente a mi casa, ni los divisé acercándose por el caminito que lleva hasta mi hogar.

No dijeron nada. Ni siquiera me saludaron cuando salí con el refresco para el hombre y la niña.

Más bien parecieron amedrentarse, incluso replegarse detrás de la pequeña.

Uno de ellos era joven. Un moreno muy guapo, con porte atlético y musculoso. El otro, un hombre un poco mayor, tal vez un empresario, vestía un traje de oficina de tres piezas y llevaba a la mano un maletín hinchado de archivos que se salían por los lados donde el cuero se había resquebrajado.

Me pidieron que realizara una ceremonia de temazcal al día siguiente. Me dijeron que cuatro mujeres serían citadas. Que las cuatro estaban en camino. Que eran turistas deseosas de encontrar respuestas a preguntas de importancia en sus respectivas vidas.

Yo no los conocía, pero ellos parecían estar al tanto de mis dotes para entablar conversaciones con los espíritus. Me pagaron por adelantado, en efectivo, me dieron una bolsita para preparar el brebaje que se usa durante el rito, me dijeron que solamente yo, y nadie más que yo, estaba permitida de oficiar el temazcal para ese grupo y desaparecieron dentro de la misma nube de polvo que los encubrió cuando llegaron hasta mi puerta.

Antes de seguir, debo explicar que lo común para mí en ese tiempo era leer las cartas o atraer a los espíritus y representarlos de uno en uno. Pero esa noche no sería como cualquier otra. Aquel grupo de desconocidos me pidió que llevara a cabo una ceremonia inusual. Yo acepté a regañadientes.

El problema de la economía viniéndose abajo es que te lleva al deterioro moral, a la desesperación por conseguir ingresos, vengan de donde vengan. A transigir contigo misma, con tus propias reglas. Las reglas que por alguna razón nuestros maestros crearon. Las reglas que, durante siglos, nunca, ni una sola vez, fueron desobedecidas. Las reglas contra las que entonces mis colegas y yo nos rebelamos para consentir tomar encargos que sabíamos podían ocasionar problemas.

La diligencia era extraña para empezar —yo no era buscada como temazcalera, y menos como chamán, en aquella época, así que ni siquiera entendía por qué fui escogida—, pero se volvió inconmensurablemente inaudita una vez que empezamos el ritual de lavado espiritual, de sanación.

El temazcal es una antigua ceremonia de purificación de lo físico, mental y emocional. Mis antepasados náhuatl diseñaron esta práctica ancestral. El término temazcal significa 'casa de vapor'. Y eso es exactamente lo que es: una choza redonda, en forma de iglú, construida con ramas y mantas, que simboliza a la madre tierra, al vientre materno. Al ingresar, el interior está completamente oscuro y solamente puedes sentir el calor intenso generado por unas piedras calientes situadas en un hueco, al centro. Al lado de este pozo, la persona encargada de la ceremonia coloca una infusión de hierbas medicinales compuesta por salvia, eucalipto y lavanda, cuyos vapores ayudan con la limpieza. Durante la ceremonia recibimos el consejo de nuestros antepasados, revivimos experiencias que yacen en nuestra memoria y 'morimos' para renacer mejores, saludables y en paz con nosotros mismos.

Mi tarea aquella noche sería la de guiar a los espíritus de los ancestros para que pudiesen hablar a través de mí y aconsejar a las cuatro mujeres que me acompañarían en las próximas horas. Había manejado dos espíritus en una ocasión, pero lo que estaba por enfrentar durante ese rito era no solamente insólito, sino una aberración, y con toda seguridad demasiada energía en las manos de alguien como yo, que realmente no tenía experiencia oficiando el temazcal sola.

La noche se encontraba en su esplendor cuando llegué al lugar convenido por los desconocidos que me contrataron. Era un terreno despoblado en medio de la nada, en pleno desierto, kilómetros sobre kilómetros desolados de arena, piedras y cactos, solamente unas colinas se distinguían a lo lejos. Tal como me prometieron, la carpita para el temazcal ya se encontraba erigida siguiendo las especificaciones ancestrales. Me detuve frente a la entrada. Como es costumbre en estos rituales, me desvestí hasta quedar en ropa interior e ingresé a la covacha. Me senté al lado del pozo en el centro y empecé a colocar la infusión sobre las piedras calientes.

Las cuatro llegaron a la cita a los pocos minutos. Miré la hora en mi reloj: por lo menos estaban puntuales.

Las sentí reír afuera mientras se liberaban de su ropa bajo el resplandor de la luna llena. Me pregunté si sus actitudes afectarían los resultados de la ceremonia. No me gustaba para nada tratar con turistas. Mi impresión general era que no respetaban las tradiciones. Pero sentía que debía continuar con lo iniciado.

Lo primero que observé de ellas en cuanto entraron al temazcal fue lo diferentes que eran entre sí, en todo sentido.

Anaisa fue la primera en empezar a hacer preguntas, sin observar la regla de dejar primero que el temazcal trabaje en ti, en silencio. Anaisa quería saber todo sin siquiera haberse comprometido primero a trabajar consigo misma y con el resto.

—¿No estamos un poco grandecitas para esto? —dijo, sin pensar qué es lo que 'esto' podría realmente significar.

—Deja ver de qué se trata todo este revolú —la calló Damaris agitando los brazos. Anaisa le contestó con un gesto burlón.

—Oye, que ya estamos aquí en cueros, baja la voz para terminar con esta chuscada —se sumó Viridiana al cargamontón.

Yo las miré en silencio y continué con los cánticos, tratando de enterrar debajo de los ritos de la ceremonia las emociones negativas que este grupo me estaba despertando. Pensando en aquello décadas después, me doy cuenta de que mi energía estaba siendo dominada en ese momento por mis propios sentimientos de inseguridad acerca de mi capacidad para realizar una sanación exitosa; y de culpabilidad, por ciegamente arriesgar los espíritus de las cinco que estábamos en aquel lugar.

«Agua mi sangre, tierra mi cuerpo, aire mi aliento, fuego mi espíritu», recité, empezando a invocar las energías que abrirían cada una de las puertas de curación del espíritu a través de la introspección.

De pronto, el ambiente sarcástico se disipó y una sensación de respeto emergió. Las cuatro se quedaron en silencio. Viridiana y Micaela seguían todos mis movimientos con sus miradas. No hacían preguntas, pero yo las veía bastante asustadas, seguramente porque intuían la magnitud de la experiencia que ambas estaban por vivir. Veía también que Damaris había pasado por mucho en su vida, su expresión ansiosa y aguerrida lo decía todo.

«No hay presente sin pasado. No hay futuro sin presente», expliqué, buscando afanar con mis palabras las llamas de sus corazones, de sus almas heridas, de sus espíritus sedientos, de sus preguntas sin respuestas.

Con mucho cuidado y respeto por lo que los antepasados dirían, guardando en todo lo posible las formas de la ceremonia, empecé a hacer el llamado para el que me contrataron. Un llamado general e irregular dentro del temazcal. Provocar la furia de los espíritus era lo último que deseaba hacer. Pero al mismo tiempo, la curiosidad de iniciar un nuevo tipo de descubrimiento, rebasando las orillas a las cuales me limitaba en mi diario quehacer, era demasiado tentador.

Acabé de preparar el tecito con las yerbas que me entregaron mis clientes y serví una taza para cada una. Cuando terminamos de beber, continué llamando a los espíritus, repitiendo la misma oración una y otra vez: «Agua mi sangre, tierra mi cuerpo, aire mi aliento, fuego mi espíritu. Agua mi sangre, tierra mi cuerpo, aire mi aliento, fuego mi espíritu. Agua mi sangre, tierra mi cuerpo, aire mi aliento, fuego mi espíritu…».

El humo y el vapor empezaron a colmar el pequeño espacio y nuestros pulmones. Recuerdo haber escuchado el aullido de algún animal, probablemente un coyote. Al rato sentí un trueno reventando a la distancia. Sentí que mi corazón se apagaba y que el volumen de mi propio canturreo bajaba hasta convertirse en un gorjeo ininteligible. Los labios me pesaban y mi boca se sentía como si estuviese llena de goma. Las mujeres enmudecieron también. Ni siquiera Anaisa hablaba. Casi sin notarlo, las cinco nos deslizamos hacia un estado de trance colectivo.

Las obras de nuestra vida residen
no en el pasado que proyectamos
sobre el presente,
sino en los verdaderos recuerdos
que formamos de ellas.

Anaisa Florescano y la sed de libertad

La primera vez que lo vi fue en el aeropuerto de Honolulú. Los dos esperábamos nuestro equipaje procedente de Los Ángeles.

Miento.

Lo vi en el vuelo.

Nos tocó compartir ese momento absurdo, cargado de vergüenza, en el que estás haciendo la fila delante de la puerta del baño, soltando los peditos de a poquitos, mientras das las gracias a todos los dioses por el simple hecho de que nadie te pueda escuchar ya que el ruido de la turbina lo perdona todo, pero todavía estás abochornada porque tal vez el olor sí llegue a las cavidades nasales de los que te acompañan en esos minutos.

Él estaba parado delante de mí y al voltear y verme con las piernas apretadas una contra la otra y mordiéndome la lengua con desesperación, sonrió y me dio el pase. Yo le agradecí con una media sonrisa y corrí a tomar el lugar antes de que se diera cuenta del error que había cometido. No me hubiera cedido el puesto de haber sabido lo que le esperaba en aquel lugar. Estoy segura de que trató de sonreír de nuevo cuando, al salir, lo tuve que rozar con todo mi cuerpo al pasarlo en el diminuto pasadizo del avión. Yo no le di cara, ni lo volví a ver después de nuestra primera interacción. Solamente lo imaginé restregándose el rostro con horror cuando por fin fue su turno de entrar al baño. Sonreí y me dormí pensando en lo pícara que había sido.

Y ahora, ahí estaba él. En mi dolor por contener el aluvión que se estaba formando en mis intestinos, en ese primer encuentro, a miles de metros de altitud, no me fijé en su estatura, en sus anchos hombros que daban paso a varoniles músculos y a un pecho en donde te provocaba recostar la cabeza para apachurrar con más ganas ese cuerpo en donde el mío se amoldaría tan bien. Me percaté que mi mirada estaba avanzando desde el tórax hacia abajo, deteniéndose por unos segundos en su... Sentí que desde el otro lado de la banda él también notó mi presencia. Levanté la mirada hacia su rostro y le devolví una sonrisa nerviosa, acompañada de un gesto de saludo. Me pregunté si recordaría que era yo la que le dejé un inodoro perfumado. ¿Se habría hecho reproches mientras trataba de terminar su asunto lo más pronto posible en aquel lugar?

Lo miré una vez más y me di media vuelta, en parte rogando no tener que encontrarme en una situación tan penosa con aquel hombre nunca jamás, y en parte deseando saber más acerca de él. Si no hubiera sido por la pena y las circunstancias de nuestro primer encuentro, de hecho habría buscado un contacto visual un poquito más largo. Tal vez hasta le hubiese demostrado interés, ofreciéndole una de esas moviditas sensuales de ojos, con su toque extra especial de pestañeo invitador. Mala suerte, nuestra historia comenzó en el peor lugar. *La próxima vez, fíjate bien a quién le dices que «sí» para tomarle el puesto en la cola del baño, especialmente después de que te arrimaste un platazo de arroz con frijoles y guacamole, rematados con un acompañamiento de plátanos fritos, justo minutos antes de subirte al avión*, me dije a mí misma, mientras fingía estar buscando mis maletas.

❧❧

La historia oficial es que me estaba yendo a vivir a Hawái para trabajar en una revista dedicada a fomentar el turismo en las islas. Mis amigos se sentían envidiosos de que hubiese encontrado un trabajo tan perfecto para mí en un lugar al cual todos vendrían de visita apenas juntasen el dinero para los pasajes.

Mis familiares me despidieron con un fiestón en la casa de la tía Josecita, la única que tiene suficiente espacio para toda la familia, un pelotón de más de doscientos miembros que van desde la bisabuela hasta los bisnietos y que hasta fue presentada en un programa de televisión local del pueblito de donde somos como la única en el área que todavía tiene a todos los miembros de la plana mayor vivos y casados con la misma pareja con la que empezaron su vida conyugal. Los descendientes no salimos en el programa, al menos no en roles protagónicos, porque ya llegando a mi nivel en el famoso árbol genealógico sí existen algunas ovejas negras, incluida yo misma. Lo cual me lleva a la verdadera razón por la que me mudé a Hawái: empezar de nuevo.

La verdad es que para cuando llegué a los treinta y pico de años, soltera y sin compromiso ni de casualidad en el horizonte, todavía viviendo en Moscarrón, el mismo lugar que vio nacer a mi mamá, a mi abuela, a mi bisabuela, a todos mis tíos y tías, y a las docenas de primos y primas. El mismo pueblito donde vive toda, o casi toda mi familia, los Florescano, quienes siempre han trabajado en el negocio familiar, el periódico *La Mosca de Moscarrón*, el único en español en toda la región, cuyos lectores se morirían si no se publicara la receta de tamales especiales guadalupanos cada 12 de diciembre, o quienes no tendrían idea de cómo armar sus Posadas de no encontrar los consejos en un suplemento especial que sale todos los años el sábado después del *Thanksgiving*... La verdad es que tienes dos caminos a tomar: o sigues la tradición familiar, consigues un buen marido, trabajas en *La Mosca de Moscarrón*, no te divorcias por nada en este mundo, o la virgencita en persona hará una aparición especial solamente para jalarte las orejas, sales embarazada cuantas veces sea necesario, crías a tus hijos para que crezcan sanos y buenos y repitan la misma operación... O, la segunda opción: te olvidas de la familia, de Moscarrón, de las tradiciones y del qué dirán y buscas la manera de salirte de ahí lo más pronto posible.

Fue a partir de mi generación que las ovejas negras emergieron. El primero en rebelarse fue mi hermano Rafael, quien un día, justamente el día siguiente al de cumplir sus veinticinco añitos, simplemente dejó el artículo que estaba escribiendo sin siquiera terminar la oración que había iniciado, y sin decir adiós, ni darle explicaciones a su novia, meramente desapareció. Así nomás, como si la tierra se lo hubiese tragado.

Ya se imaginarán la que se armó en Moscarrón. Lo buscaron ahí y en las ciudades vecinas. Cuando no lo pudieron encontrar, enviaron a un grupo de primos a buscarlo en Estados colindantes. Años pasaron. Ni Rafael ni los primos regresaron.

Mi hermano dio señales de vida casi tres años después, para la época del 16 de septiembre. Justo cuando ya íbamos a iniciar la ceremonia de El grito, mi tío Pai se dio la vuelta y ahí estaba Rafael Florescano, vestido de *Marine*, las plaquitas en su uniforme destellando a la luz del sol. Bienvenido y perdonado, como si no hubiese pasado nada.

Al poco tiempo del regreso de Rafael, nos enteramos que los primos que salieron a seguirle la pista se dirigieron hacia el norte, con dirección a Illinois, y cuando se dieron cuenta del mundo que existía allá afuera, lleno de aventuras que celebrar y de la variedad de actividades para hacer en un día cualquiera en una ciudad cosmopolita, decidieron asentar sus raíces en la metrópolis de Chicago y nunca regresar a Moscarrón. Eventualmente les hicieron falta sus familias, y esos tamales especiales que se les hacían agüita en la boca, así que de cuando en cuando se aparecían de visita, siempre trayendo con ellos alguna novedad cultural o tecnológica recién lanzada por esa zona y la cual nos daba tema de conversación por semanas y hasta meses.

Roto el embrujo y la tradición de tener que cumplir cadena perpetua en Moscarrón, por fin me aventuré a cortar mi cordón umbilical y conocer el mundo. Mis planes se cuajaron en parte por curiosidad, en parte por mi divorcio, en parte por la humillación de empezar a caer en el molde del nombrecito con el que las matronas familiares ya me tildaban con desprecio: una solterona. No exagero. Mi familia puede ser así de cruel. A pesar de que yo ya tenía un matrimonio deshecho en el retrovisor de mi vida, el hecho de regresar a aquel estado civil, a mi edad, me convertía en solterona.

No era tan atrevida como mi hermano Rafael, ni tan valiente como los primos que se fueron a Chicago, así que me inventé lo de Hawái y la oferta de trabajo para tener una excusa válida, una salida celebrada, una fiesta de despedida. Fue mi manera de guardar mi dignidad. No quería decirles que, a pesar de que no me veía como una solterona, ya que lo romántico la verdad me dejó de interesar desde lo que pasó con mi exmarido, lo que realmente me daba pena era sentirme como que estaba en una situación interminable, de volver a vivir lo mismo todos los días, el mismo trabajo, la misma comida, la misma repetición para cada día de la semana. Los lunes: entrevistas y pozole. Los martes: investigación y tacos al pastor. Los miércoles: escribir artículos y bistec de res en mole de cacahuate. Los jueves: publicar y huachinango a la veracruzana. Los viernes: distribución de los periódicos y pechuga de pollo rellena. Los sábados: platicamos de lo que se viene para la semana entrante mientras nos atragantamos con botanas. Los domingos: misa, prepararse para la semana y charlar un poco más mientras comemos carne a la parrilla con una ensaladita deliciosa que únicamente mi mamá sabe hacer como se debe.

Hasta las fiestas eran repetitivas, pues eran las mismas personas quienes traían los mismos platos y hasta hacían los mismos chistes todos los años.

Para mí era como si no estuviera viviendo en la vida real, sino en una pieza de teatro en donde cada uno tenía su papel, en donde cada uno estaba destinado a hacer y decir lo mismo una y otra vez. Y mientras viviese en Moscarrón, esas repeticiones, ese escenario, ese teatro en el que vivía, seguiría repitiéndose y repitiéndose por toda la eternidad.

❧❧

Le di una última miradita de reojo al extraño mientras recogía mi equipaje. Al otro lado del salón, él me sonrió de inmediato, como si hubiese estado esperando aquel momento. Prontamente volteé y le sonreí yo también. *Tal vez no soy tan invisible como pienso*, me dije a mí misma, mientras caminaba hacia la parte de afuera de la terminal.

Una suave brisa me recibió en Oahu. Lo que no vi por ningún lado fueron los famosos hombres y mujeres que visten los tradicionales trajes hawaianos y bailan mientras te colocan un collar de alegres flores en señal de bienvenida. Todavía optimista, me detuve en la puerta por un momento pensando que los vería aparecer. Cuando no fue así, con un poquito de tristeza me dirigí al puesto de taxis.

El viaje a través de la isla me dio el tiempo que necesitaba para acomodar mis pensamientos y empezar a verme viviendo en aquel lugar. Debo confesar que mis primeras observaciones no fueron de dicha, sino más bien de desilusión. Desde la ventanilla del coche no veía el paraíso que me imaginé, sino una ciudad cualquiera, con parques industriales y pobreza. Había pensado en ese momento tantas veces, fantaseando despierta acerca de la belleza que me rodearía, mientras escribía algún aburrido artículo acerca de alguna colecta pro fondos para esta organización o aquella escultura en el parque. Y ahora, que por fin estaba ahí, no veía frente a mí todo lo que tantas veces soñé.

Si me había equivocado, por lo menos ya estaba fuera de Moscarrón. Nunca más tendría que regresar a aquel lugar. Si Oahu no era lo que esperaba, podría escoger un lugar distinto. En realidad, podía escoger cualquier lugar en el mundo, inventarme otra increíble oferta de trabajo y simplemente saltar a una nueva aventura. Esa era yo: Anaisa Florescano, la aventurera.

Calmada por mis pensamientos, sintiéndome poderosa con solo saber que mi destino estaba desde ese punto en adelante en mis manos, me recosté en el asiento y me dije a mí misma que todo iba a salir bien. El sol despuntó en ese momento. Dejamos atrás las partes feas de la ciudad y por fin vimos el océano. Fue en ese instante cuando me empecé a sentir más segura de mí misma. Bajé la ventanilla hasta donde pude con la manizuela que, atascada, no quería deslizar el vidrio hacia abajo y me asomé, respirando el aire que venía del mar.

—¿En qué parte estamos? —pregunté al taxista en inglés, agradecida por el súbito cambio de escenario.

—Estamos entrando a la zona de la famosa playa de Waikiki. Aquí es donde encontrará hoteles y vida nocturna. Es la parte turística —contestó en español.

—¿Habla español? —pregunté sorprendida.

—Aprendí de mi mujer. Ella es mexicana. Prepara unos platillos de chuparse los dedos...

—¡Mi familia también!

—¿Viene de visita?

—Para quedarme, creo. ¿Qué hotel me recomienda?

—¿Se viene hasta aquí sin reservación de hotel? ¡Señorita, qué avezada es usted! —me respondió el hombre con una risotada que hizo temblar todo el automóvil.

En ese momento pasamos por un parque que colindaba con el malecón. Me llamó la atención la cantidad de carpas en el área.

—¿Por qué hay tantas carpas? ¿Es feriado hoy y las familias están acampando? ¿O tal vez habrá un concierto o un festival más tarde? —pregunté con ingenuidad de forastera.

El hombre detuvo el automóvil y, volteándose, me miró fijamente por un momento. Tenía el clásico rostro del estereotípico hawaiano: una faz bonachona, redonda, con ojitos negros, achinados, y una boquita tan pequeña que había que preguntarse cómo es que con esa diminuta boca ese hombre podía ser tan rellenito.

—Ahí viven los que no tienen casa. Los *homeless*, como los llaman ustedes en el *mainland*…

—¿Me deja aquí, por favor? —dije, sintiéndome atraída por ese asentamiento humano con carpitas de diversos colores dispersas como flores salvajes por todo el terreno.

El taxista me dejó bajar, pero se quedó observándome por largo rato. Yo lo ignoré y proseguí mi camino. Me sentía la gran exploradora. Libre. Libre por fin del maleficio interminable de Moscarrón y de las generaciones cortadas con la misma tijera, haciendo lo mismo una y otra vez, repitiendo una cadencia que agotó su atractivo muchas décadas atrás, una melodía tediosa cuya letra sin lustre no era ni siquiera recordada o bienvenida, pues solo auguraba otra inacabable serie de repeticiones.

Aquel día celebré mi independencia. Sería de aquel punto en adelante una holgazana vagabunda, una campechana desenvuelta, una liberada, una descocada. Sería cada día lo que se me viniese en gana, y no tendría que responderle a nadie, pues desde ese momento sería como el viento, el agua o el sol, suavemente azuzada adondequiera me deseasen.

Me senté en la arena. Disfruté de la brisa, el aire salado y húmedo tocando como un niño travieso todos los poros de mi cuerpo, sellando nuestra nueva amistad con gotitas de agua de mar transportadas únicamente para mi placer, para salpicarme y hacerme cosquillas sobre los párpados cerrados. Me solté el pelo y me quité los tenis. Sentí la arena caliente de la media tarde por entre los dedos de mis pies. Me eché para también sentir la liberación de esos granitos de sal y de tierra pasando por entre los dedos de mis manos. Casi sin darme cuenta, me desabotoné la blusa para sentir el aire cálido acogiéndome como su nueva hermana.

Entre exhausta y complacida me quedé dormida frente al océano.

Cuando desperté, un grupo de niños construía castillos de arena a mi alrededor. Al intentar levantarme, noté que me habían tapado con arena, dejando libre solamente mi cabeza. Mi mochila reposaba encima de mi estómago. Habían encontrado mis lentes oscuros y me los habían colocado. Un sombrero de paja obstruía mi vista.

Sintiéndome todavía juguetona, empecé a mover mis dedos hasta que logré tocar a dos de los niños al mismo tiempo. Ellos chillaron y, entre asustados y risueños, les avisaron a sus compañeros que el 'monstruo' empezaba a despertar y que tenían que taparme de nuevo a toda prisa.

De un solo tirón me despercudí de toda la arena y salté hacia adelante. Haciendo gestos y ruidos, empecé a corretear detrás del grupo, que rápidamente desapareció entre las dunas y los arbustos, dejando únicamente sentir sus risitas alejándose cada vez más, hasta que ya no escuché ni siquiera el eco del júbilo desenfadado de los chiquitines.

Suspiré y volteé para mirar el campamento en el parque, a pocos metros de donde me encontraba. El hambre empezaba a llamarme desesperadamente. Noté que se me acababa el día y tendría que tomar una decisión en los próximos minutos.

Seré gitana hoy. Campamento gitano, me dije a mí misma mientras caminaba hacia el parque, limpiándome la arena metida hasta en los resquicios más recónditos de mi cuerpo.

Me senté en una banquita para observar la disposición del lugar. Al rato me di cuenta que había más carpas que cuando llegué, y que las carpas no estaban ordenadas en líneas paralelas, sino más bien establecidas en círculos, con la carpa de comida y reunión en el centro y las otras rodeándola. Niños y mujeres en el primer círculo, seguidos por un círculo de protectores. Familias en el siguiente círculo. Protectores de nuevo en el siguiente. Y el último círculo estaba lotizado por aquellos que eran nuevos, no eran queridos o no tenían una finalidad específica en la congregación. Los hombres solos también pertenecían a aquel círculo final.

Vi a una mujer midiéndome con la mirada. Ella se acercó a la carpa principal y, luego de una breve conversación con un individuo, me hizo una seña, invitándome a acercarme.

—Te he estado observando. No puedes estar aquí si no tienes un propósito —exclamó con una voz seca y poco amistosa. Yo podía sentir que se encontraba obviamente frustrada con mi falta de tino al hallarme en su territorio en el atardecer. A su lado, el hombre al que le había pedido autorización para acercarse a mí permanecía callado, estudiando mis gestos y mis respuestas.

No dije nada.

—¿Necesitas un lugar donde quedarte para pasar la noche? —respondió el hombre por mí y se acercó.

Yo asumí que estaba tratando de salvarme de las garras del resto de los marginales del campamento que por seguro me percibían como un problema eminente del que tendrían que deshacerse.

Hice un gesto de afirmación con la cabeza y miré al hombre. Por sobre su hombro podía ver que, a pocos metros de distancia, el resto de los vagabundos se habían levantado y estaban a la espera de sus órdenes.

—¿Qué traes en la bolsa? —preguntó el hombre bruscamente, tocando con sus manos sucias y grasosas mi equipaje.

—Solamente mi ropa, mi pasaporte y mi libreta de apuntes —contesté, abriendo el cierre para mostrarle.

—Déjala. Se puede quedar conmigo. Mi nombre es Leilani —dijo la mujer y empezó a caminar de regreso hacia la carpa principal.

Gitana esta noche. Mañana, ya veremos, me dije mientras seguía a Leilani.

—Mi nombre es Anaisa —le dije yo, buscando en mi mochila algo que pudiera regalarle como símbolo de mi aprecio por su caridad. Mientras rebuscaba a tientas con la mano, reparé en la niña caminando al lado de Leilani. Con sus ojos, azules como las aguas de esa región, me estaba evaluando, preguntándose si podría confiar en la extraña que llegó a su hogar al caer la noche.

Me acerqué a ella y le pregunté si le gustaba dibujar. Me respondió que a veces, cuando iban al mercado, el carnicero le regalaba unos pedazos de papel para envolver y unas servilletas; y que si no tenía con qué hacer dibujitos sobre aquellos materiales, que lo que hacía entonces era colorear con un pedazo de carbón que robaba de la fogata.

—¿Cómo te llamas? ¿Cómo se llama? —pregunté, mirando a la criatura y luego a Leilani. Quería asegurarme de no insultar a nadie esa noche, pues si me echaban del parque estaría sola y desamparada en una ciudad que no conocía.

—Hoikeana. Significa 'revelación' —intervino Leilani, acariciando el largo y oscuro cabello ondulado de su hija.

—¿Le puedo regalar estos rotuladores?

Hoikeana sonrió y alargó su mano para recibir el obsequio. Leilani la detuvo con un jalón de pelo.

—Es un préstamo nada más. ¿Entiendes, Hoikeana? Los devuelves después de comer.

La niña asintió y, tras tomar los marcadores, se fue en busca de un pedazo de papel en donde dibujar.

—No la puedes acostumbrar a tener. Mañana no tiene, ¿y entonces qué? Eso se convierte en un problema para mí. Yo no puedo estar preocupándome de que mi hija se aferre a objetos materiales —dijo Leilani.

—Estamos solamente de prestaditos en este lugar. Si la policía quiere, nos expulsa en este momento, o en medio de la noche, como prefieren hacer para que nadie note su crueldad —intervino un hombre que vigilaba una olla asentada sobre un fuego precario. Las sombras no permitían discernir su rostro. Desde lejos, lo único que podía ver era una persona encorvada apoyándose en lo que parecía una silla de playa. Me dio la impresión también de que llevaba puesta una capa.

—Soy Anaisa. Perdonen si los ofendí. Mi intención era complacer a la chiquilla —dije, temiendo haber levantado una nube de ofuscación por mi presencia en aquel lugar.

Leilani y el hombre intercambiaron miradas.

—Siéntate, 'primita' —dijo Leilani, soltando la carcajada—. Discúlpanos, no somos mala gente, queríamos ver cómo reaccionabas. Gracias por pensar en mi niña.

—Acércate a la fogata. El aire corre fuerte por la noche y te vas a enfriar. Soy el rey Kamehameha, pero me puedes llamar George —dijo el hombre de la olla, haciendo una venia con su capa y acercándome una cuchara con una especie de sopón—. Prueba y dime qué te parece. Mis súbditos aquí se han quejado en muchas ocasiones de que consistentemente se me pasa la sal... Pero, ¿qué quieres que te diga? Cuando cocinas con agua salada...—suspiró el rey a mi oído. Luego me quitó la cuchara, la limpió en su pantalón y, colocándola de nuevo dentro de la cacerola ennegrecida por el carbón, continuó dándole vueltas a la mezcla que estaba cocinando.

Poco a poco el resto del grupo se incorporó al círculo, cerca del fuego. Algunos traían sillas; otros llegaban con ladrillos, ramas de árboles, o toallas que los turistas olvidaron en la playa. Viejos, jóvenes, hombres con unas cuantas canas, mujeres calvas, disfrutando de la compañía de los otros, contándose cuentos y chistes, y recordando aventuras que vivieron juntos. A la luz de la luna, la escena me enterneció.

La comida estaba, en efecto, salada. Pero con el hambre que tenía, igual me sentí agradecida por la delicadeza de aquellos seres que por fuera parecían tan toscos, hoscos y hasta tan fuera de la realidad, bueno, de la realidad tal como la entendemos los demás, pero que por dentro eran mucho más considerados que cantidades de personas que dicen ser amigos, o incluso que la misma familia.

Al terminar la cena, Leilani me llevó con ella y con Hoikeana al baño público, situado en el límite del parque con el malecón. La puerta estaba cerrada, pero ella sacó una llave de un manojo que cargaba en su bolsillo y entramos como quien lo hace al lavabo en su propia casa.

Leilani pegó un silbido apenas terminamos y otras mujeres se acercaron a asearse para la noche. Cuando todo el grupo femenino terminó sus quehaceres, Kamehameha y los otros hombres tomaron su turno.

Hoikeana buscó su lugar dentro de la carpa, echándose sobre una bolsa de dormir en la esquina derecha. Su madre se acomodó a su lado, abrazándola fuerte, fuerte, como para dejarle saber que nada malo podría pasarle porque ella estaba ahí y la protegería de todos y cada uno de los monstruos, tanto de los reales como de los imaginados.

Yo traté de acomodarme en la esquina izquierda, sobre una toalla que yacía encima de un pedazo de terreno irregular y pelado. Me pregunté si tendría que lidiar con bichos que se meterían dentro de mi ropa durante la noche. La sola idea me dio escalofríos e inmediatamente empecé a sentir que algo me caminaba por el brazo. Las risas de los hombres regresando al campamento me distrajeron por un momento. Intenté concentrar mi atención en el sonido del océano besando la orilla dulcemente, al mismo tiempo que armaba un gran bullicio al chocar contra las piedras. *Seguro que el mar es como un hombre*, me dije, mientras me visualizaba entrando en él, entregándome libremente a su personalidad traviesa en un día de sol y viento.

Al rato empecé a sentir que algo me estaba subiendo por el pantalón. Traté de ignorar esa sensación, ese cosquilleo que ahora estaba sintiendo en todo el cuerpo. Quise levantarme. Quise sacarme esos intrépidos gusanos, esas dañinas hormigas, esas peludas arañas de encima, pero me dio timidez fastidiar a Leilani o despertar a Hoikeana.

¿Me estoy imaginando este ataque? ¿Podría ser que no hubiera ningún tipo de insectos en este lugar y que so-

lamente soy yo, por mis nervios, quien sufre este desarre-glo inventado?, pensé, mientras me trataba de acomo-dar en el minúsculo espacio.

La picazón se volvió insoportable. Las bestezue-las invadieron todo mi cuerpo, posesionándose de los lugares donde la sensación de picadura se tornó rápidamente intolerable. En la oscuridad las sentí avanzar, colocando sus banderillas sobre mi piel, hasta tornarla en un infinito de dolor punzante que sencillamente no podía ignorar.

Me levanté lo más silenciosamente que pude y apenas estuve en el descampado empecé a saltar, sa-cudiéndome la ropa con las manos, chillando en si-lencio. A pesar de que no veía nada, no creía lo que mis ojos me decían. Si mi cuerpo me indicaba que los insectos me estaban mordisqueando, la información tenía que ser cierta. Me quité toda la ropa, y desnuda me lancé al océano. En ese momento, de agudo cho-que con el agua helada, me desperté.

El rey me encontró casi sin aliento, ahogándome en pocos centímetros de agua, cerca de la orilla, ba-tiendo los brazos, intentando nadar hacia mi salva-ción. Me colocó una toalla encima del cuerpo sin ves-timenta, sobre los vellitos erizados por el frío; y, lle-vándome de regreso al campamento, me dijo:

—Nadie muere en este reino. Nadie.

Yo, que por fin me había despertado, solamente atiné a recoger mi ropa, apretar la toalla contra mi cuerpo, y meterme en la carpa lo más pronto posible.

❧❧

Tuve suerte de que Leilani no me sintiera la noche anterior y que el rey no dijera nada por la mañana. No sé por qué no lo hizo. Si hubiera estado en Moscarrón, todos se habrían burlado de mí durante semanas.

¿Cómo es posible que a veces los extraños sean más caritativos que tu propia sangre?, me pregunté.

—Hoy vas a aprender cómo viven los vagabundos —explicó Leilani mientras tomábamos un recalentado de la sopa de la noche anterior, a la que el cocinero de turno agregó un balde de agua para que rindiera una taza de caldo para cada uno de nosotros.

—Empieza por ayudar a levantar el campamento. Lo que no cargamos, se coloca en estas cajas que van en el carrito. El resto, al hombro, en las bolsas de cada uno —le siguió Kamehameha.

—No me pienso quedar. Este era un arreglo temporal… —contesté, ayudándolos a limpiar el parque antes de que los turistas empezaran a llegar.

—¿Adónde vas a ir, mi niña querida? ¿No prefieres quedarte en este reino y ser mi súbdita? ¿No sabes que yo te protegeré? —contestó el rey, deteniéndome para poder mirarme a los ojos mientras me hablaba.

Pensé en su pregunta y en su oferta. Pensé en mis opciones y en las promesas que me hice al salir de Moscarrón. No me parecía que pudiera cumplir ninguno de mis objetivos si me quedaba con ellos, pero algo dentro de mí me decía: *Quédate. En este reino no muere nadie.*

Pasamos la mañana en la playa. Las mujeres, recogiendo conchas y mejillones; los hombres, pescando. En la orilla, los niños convertían lo que íbamos encontrando en vistosos collares y brazaletes, ensartando las conchitas con una aguja grande e hilo de pescar hasta armar las joyas, a veces colocando mostacillas de colores y otras piedritas que llevaban en un atado.

De rato en rato Leilani detenía su labor para mirar a su hija y al grupo de pequeños. Cada vez que volteaba se ponía a tararear una melodía, como si el solo observar a Hoikeana le llenara el corazón de tanta alegría que tenía que expresar su agradecimiento con tonadas que, al mezclarse con el agua salada, se convertían en una alabanza de regocijo contagiosa, pues, misteriosamente para mí, todas sus compañeras empezaban a repetir la canción apenas ella la iniciaba, y luego continuaban su tarea en silencio apenas ella se acallaba.

Llevaba el cabello largo recogido en un moño alto, lo cual permitía distinguir sus delicadas facciones. Mi nueva amiga era una joven naturalmente bella, agraciada con una piel canela que, aunque pasaba gran parte del día bajo el sol, era tan tersa que provocaba acariciarla. Pero lo que más me llamó la atención fueron sus modales finos y elegantes, su porte distinguido, casi de princesa, delicado y al mismo tiempo fuerte y recio, de líder. Las mujeres escuchaban a Leilani. Y los hombres la respetaban.

Me tocó servir como recogedora aquel día, yendo de hombres a mujeres, acopiando sus tesoros en una caja plástica que encontramos cerca del basurero. Cuando la cosecha empezaba a llegar al tope, me acercaba a los niños para dejarles las conchitas y unos moluscos que observé comían crudos, directamente sacados del mar. Una vieja llamada Marini iba colocando los pescados en un pequeño contenedor con hielo seco, mientras dirigía a los pequeños en sus quehaceres y les convidaba los bocaditos marinos. Los niños los recibían con deleite. Con una cuchilla especial abrían la concha del mejillón y, sazonándolo con una salsa proveniente de una botellita que uno de ellos llevaba en el bolsillo, se lo comían recién salidito del océano.

Llegado el mediodía, recogimos todo y caminamos hacia la zona norte de Oahu. A las dos horas nos detuvimos. Desde el acantilado podíamos ver la playa a la distancia. Las aguas azules resplandecían allá abajo y, cerca de ellas, sobre las blancas arenas, turistas, cientos de turistas echados sobre sus toallas de colores, tomándose una cerveza helada mientras disfrutaban de aquel paraíso, sin percatarse de que a su alrededor los moradores nativos vivían en pobreza.

Antes de emprender la ruta de descenso, todos se cambiaron y se pusieron trajes que serían considerados auténticos de la isla. El rey le pidió a Leilani que me prestara uno de sus vestidos y me indicó que siguiera a las mujeres hacia los arbustos, al otro lado del camino, para cambiarme yo también.

Cuando todos estuvimos listos, nos pusimos en línea frente a Kamehameha para pasar revista. Uno a uno franqueamos la inspección. El rey colocó flores atrás de la oreja izquierda de todas las mujeres. Un hombre, que lo seguía, puso coronas de flores frescas sobre las cabezas de algunas específicamente seleccionadas por la vieja Marini.

Finalmente, empezamos a bajar hacia la ensenada. Leilani sonrió y se arrancó a cantar. Todos la seguimos.

Cuando llegamos a la playa, el grupo buscó una parrilla pública en donde asar los pescados. Las mujeres y los niños se instalaron en una mesa vecina, desplegando con cuidado las joyas que tenían para vender ese día. Un hombre joven, de nombre Tito, se aventuró hacia la orilla para informar a los turistas acerca de nuestro puesto con comidas y artesanías locales. Apenas el olor de la parrillada tomó forma, invitando a los comensales a acercarse, el grupo empezó a cantar y a bailar, atrayendo así más atención y el dinero de los turistas.

Yo me coloqué detrás de Hoikeana para seguir sus movimientos desde la fila de atrás. Bajo el sol ardiente de la tarde, mientras movía los labios simulando que cantaba con el grupo, sentí algo que no había conocido hasta entonces: la felicidad de ser libre.

Vendimos los pescados y las artesanías en menos de una hora. Antes de emprender el camino de regreso, el rey nos pidió que nos cambiáramos de nuevo para meternos, ya vestidos, al mar. Al verme confundida por la orden, Leilani me explicó:

—Subir la cuesta con ropa mojada es más fresco —dijo dulcemente mientras doblaba los vestidos que acabábamos de quitarnos y los guardaba en una caja de plástico que luego colocó dentro de su atado.

La gran mayoría del grupo ya estaba en el agua, chapoteando y disfrutando del regalo de la naturaleza, para cuando Leilani y yo entramos al mar. Ella llevaba a Hoikeana agarrada de la mano derecha, yo la tomé de la izquierda. La verdad, debido a mi inexperiencia con el océano, yo no estaba ahí como protección, sino que me estaba sirviendo de la niña para encontrar la valentía de enfrentarme a las olas.

Al poco rato me solté de Hoikeana y Leilani para aventurarme sola. La arena bajo mis pies brillaba y el agua, de un azul turquesa que nunca había visto, me invitaba a continuar hacia adentro, acariciando vigorosamente todo mi cuerpo con una sensación de masaje sensual. Cerré los ojos para sentir los mimos con más intensidad. Estaba tan ensimismada en aquel placer que no vi venir la ola que me revolcó, arrastrándome a su gusto, para arriba y para abajo, hasta que choqué con un objeto puntiagudo y perdí la conciencia.

Dicen que estuve sin respirar, muerta, por varios minutos. El grupo me llevó a la orilla y trató de revivirme. Yo los podía sentir, pero, aunque lo intentaba con todo mi ser, no lograba abrir los ojos ni emitir una palabra, un sonido que les dejara saber que todavía estaba ahí con ellos, que todo iba a estar bien, que el incidente solamente sería una historia más que agregar al repertorio de aventuras para contar en las noches frías, cuando nos sentáramos frente al fuego, tratando de decidir si era hora de irse a dormir o si continuar conversando, compartiendo, riendo.

Cuando por fin pude convencer a mi cerebro de que me dejase vivir, y mi espíritu regresó a mi cuerpo, lo primero que vi fue el rostro de un extraño, que a mí no me pareció desconocido. ¡Era él! El hombre del avión, el del aeropuerto… Me estaba mirando con alivio y ternura… ¿o esa mueca era de picardía?

Me incorporé, todavía sorprendida por su presencia, y nuevamente perdí el conocimiento.

Cuando desperté, me encontré echada sobre una colchoneta, debajo de un toldo.

—¿Qué pasó? —pregunté, tratando de afinar las imágenes borrosas que los ojos me transmitían—. ¿Qué pasó? —repetí, intentando voltear para encontrar a mis amigos. En lugar de eso, al único que vi fue al extraño, sentado en un banquito en la esquina derecha, detrás de mi cabeza, encerando su tabla.

—Una ola te revolcó y luego yo te pegué en la cabeza con mi tabla. No te vi, te lo juro que no te vi, hasta que ya estaba encima de ti —contestó el hombre, acercándome una soda.

Definitivamente era el hombre del avión. ¿Él me había reconocido a mí? La turbación de que me hubiera encontrado bañándome en el mar con la ropa puesta me hizo sentir enferma del estómago. Traté de levantarme, pero un vahído me hizo caer de nuevo sobre el colchón de aire.

—¿Y mis amigos? —dije, fingiendo no reconocerlo.

—Dijeron que tenían cosas que hacer. Yo prometí llevarte al lugar adonde ellos fueron apenas te sintieses mejor. Dejaron tus cosas aquí. Viajas ligero, por lo visto. Toma este refresco, te vas a sentir mejor. ¿Cómo está tu cabeza?

—Estoy bien —dije, procurando nuevamente levantarme sin lograr mi cometido. Era como si mi cabeza pesara cien kilos, y para colmo la ropa mojada hacía que mis movimientos fueran lerdos, como si estuviese revestida de plomo.

Él se sentó sobre la colchoneta, y colocó mi cabeza sobre sus piernas, para poder examinar de cerca el golpe que me causó.

—Tú no estás para ir a ningún lugar por ti misma. Ni hablar que dejo de cuidarte. Esto fue mi culpa. Primero te voy a llevar al doctor. Todavía tienes sangre sobre la herida. El corte es lo suficientemente profundo como para que puedas necesitar puntos. Además, el morado de ese chichón está creciendo.

—Pero… tu tarde estaría arruinada… y mis amigos me deben estar esperando. ¿No crees que estarán preocupados? Si me dejas donde te dijeron, ellos se encargarán de mí —titubeé, humillada por la situación.

—No te preocupes por mí, que yo puedo regresar a correr tabla en cualquier momento. El mar no se va a ir a ningún lado. Lo que sí, no te puedo dejar ir sin que te vea un doctor. Nos diste un buen susto.

Lo miré y comprendí que estaba en sus manos.

—Está bien. Tú ganas. Voy contigo —dije.

—Pero primero me dices tu nombre —contestó, empezando a cargarme hasta su Jeep.

—¿Nombre? No lo recuerdo... ¿Dónde estamos? ¿Cómo me llamo?

—Debe de ser nombre de telenovela, que tan bien te haces la que tienes amnesia —se rió él, colocando el colchón debajo de mí y la tabla en el techo del automóvil.

—¡Ya me acordé! Me llamo Anastasia Mentecata Preciosura Bocafuerte Sintinento. El color amarillo fuego de tu carro reflejando destellitos bajo el sol ardiente me entró directo a la retina y despertó el centro de mi memoria —contesté, tratando de acomodarme mientras me hundía entre los pliegues de la colchoneta y me peleaba por el espacio disponible con todos los mamarrachos que traía regados en el asiento y el piso del carro.

—Ta'que muy largo, *precious... my pretty...* —dijo, imitando a la bruja mala de *El Mago de Oz.*

Me reí. El viento empezó a jugar con mi pelo, revolviéndolo hasta que no pude ver nada.

—Mente Preciosa. Anaúra. Catasía —continuó, mientras me pasaba una pita para que me amarrara el cabello.

Cuando por fin me acomodé, pude concentrarme en mirarlo un poco más detenidamente. Se sentó al volante vestido con nada más que su traje de baño. Su cuerpo firme y musculoso tenía un bronceado que lo hacía increíblemente atractivo. Sus manos eran grandes, pero no inmensas, solamente lo suficiente como para hacerte sentir su presencia con la más mínima caricia. No veía ningún anillo. Ni siquiera el indicio de que en el anular hubiera habido un anillo. Solamente tenía puesta una banda de cuero marrón en la muñeca izquierda.

—Anacata. Menteosa…

—Parece gaseosa…

—O mentirosa…

Discretamente subí la mirada. Llevaba el collar de pucas blancas típico de los surfistas. Le quedaba bien. No tenía arete de ningún tipo: ni el de diamantito, ni el de pirata, ni el de orejón. Los lentes oscuros de marca le quedaban divinos. Me di cuenta de que realmente no le había visto los ojos. No como para saber de qué color eran, o si tenía cejas ralas o densas, o si era cejijunto. No era lampiño en el pecho, eso sí pude advertir. Y tampoco se afeitaba el cuerpo como suelen hacer los hombres hoy en día. No parecía un *Chewbacca* tampoco. Tenía la cantidad precisa de vello. Un poco rizado, color marrón bronce, como los bucles que le caían por sobre el hombro, posiblemente demasiado largos para su edad, pero igual se veía angelicalmente apuesto.

—Tienes razón: Mentecata es más fácil que tratar de buscarte un apodo… ¡*Hey*! ¡Es el apodo perfecto! ¿A quién se le ocurre meterse al mar con ropa? ¿No sabes que la ropa mojada te hunde? ¡Mentecata te va muy bien! —dijo él, cortando el silencio.

—¿Y tú, cómo te llamas? Me acabo de dar cuenta que me he subido al carro de un completo desconocido en un lugar que no conozco. ¡Error número uno en las películas de terror! —contesté.

—¿Viste? ¡Mentecata te queda perfecto!

Me miró de reojo y se rió.

—¿Sabes que recoger a una desconocida es el error número dos en las películas de terror? —seguí.

Detuvo el Jeep a la vera de la carretera. Más allá del acantilado se veía el mar de un azul cielo paradisíaco. Se bajó del carro y corrió unos metros. Luego se detuvo, giró y gritó:

—¡Peter Paul Parker!

—¿Peter Pan?

—¡Peter Paul Parker! —repitió con más fuerza, y caminó unos cuantos pasos en retroceso.

—¿Peter Parker? ¿*Spiderman*?

—¿Quién?

—*Spiderman*… Peter Parker… Tobey McGuire…

—Maguire…

—¡Ajá! Sí sabes de quién te estoy hablando.

—Es Peter Paul Parker. PPP. El otro es solamente doble P —explicó, acercándose de nuevo al Jeep.

—Gusto de conocerte, Peter Paul Parker. ¿Cómo quieres que te llame? ¿Peter Parker o Paul Parker? ¿O al cabo que quieres todas, tus tres P, Peter Paul Parker?

—Llámame Mentecato. Me gusta. Suena a algo comestible —contestó subiéndose nuevamente al automóvil y poniéndolo en marcha.

—Y hace juego con la Mentecata...

—¡Y hace perfecto juego con la Mentecata!

❧❧❧

Para cuando llegamos al hospital me sentía mucho mejor y ya casi no recordaba el golpe y el corte y la sangre y el morado que colocaron a Peter Paul Parker en mi camino.

Peter se bajó primero e insistió en cargarme hasta la sala de emergencias. Dijo que no quería que me volviese a desmayar, que ya había perdido el sentido suficientes veces desde que nos topamos en la playa, que él reconocía que estaba chulo y todo, pero que no era como para que me desvaneciera cada vez que me hablaba. Yo solamente le seguía la corriente y hacía lo que me dijera. No quería que ese momento terminara. La estaba pasando tan bien.

Todas las enfermeras habían tratado antes con él. Al parecer tenía la tendencia a accidentarse, sus visitas a esa sala eran numerosas; y los motivos, con frecuencia insólitos. ¡La de cuentos que escuché aquella tarde! Mientras esperaba al doctor, me hicieron carcajearme con los detalles de los infortunios de Peter Paul.

Lo más interesante fue ver el aprecio que le tenían y los recuerdos indelebles que dejaba con cada visita a aquel hospital. Una de las enfermeras contó lo generoso que fue una ocasión en que se rompió la pierna y, pese al dolor que llevaba a cuestas, se ofreció a dejar su turno a un niño que llegó con un corte en la nariz, y hasta le pagó la cuenta anónimamente.

—No creas todo lo que escuchas. No soy tan menso —Peter declaró cuando salimos del hospital.

—¿Bueno?

—¿Aló? ¿Sí? ¿Bueno?

—Jajaja... Graciosito eres... Ser bueno no es lo mismo que ser menso... ¿Por qué crees que estás siendo menso?

—No me gusta que se aprovechen —reveló, mientras me cargaba de regreso al Jeep.

Aunque yo podía caminar hasta el carro perfectamente y sin ayuda, decidí disfrutar del tratamiento de princesa.

—¿Adónde vamos *next*, *madame*?

—¿No te dijeron mis amigos en dónde iban a estar?

—Dijeron que en el Isla Paradise...

—¡Vamos para allá, entonces! —repliqué con un tono mandón—. Digo: ¿me llevas, por favor?

—Vamos, pero se me hace que estamos tarde. Acuérdate que esto fue hace horas...

Cuando llegamos al lugar, yo no sabía dónde estaba, pero igual le dije que me dejara y se fuera. No quise confirmar antes si el grupo estaba todavía ahí, como Peter me sugirió. Me apenaba decirle lo que estaba sucediendo, quiénes eran mis amigos, por qué estaba vestida dentro del mar, qué era lo que había hecho en las últimas veinte y pico horas. No es que hubiese hecho nada malo. No tiene nada de malo ser aventurera de vez en cuando. Lo que no quería era tener que dar explicaciones. La había pasado muy bien con Peter Paul Parker, pero ya era el momento de despedirnos.

Con todo, reconozco que hubiese sido un gesto romántico si se hubiera quedado a acompañarme y que me sorprendió, y hasta me entristeció un poco, cuando se fue sin chistar.

—Adiós, Mentecata. No te andes golpeando esa cabecita linda que tienes —dijo, dándome un beso en la frente. Y, sin más preámbulos, se subió a su carro y se marchó.

Era una noche hermosa. La luna llena alumbraba como si fuese de día. Lo empecé a extrañar apenas vi su Jeep oscurecerse y esfumarse del todo.

—Adiós, Mentecato. Si me golpeo de nuevo, espero que tú estés cerca… —murmuré con un suspiro.

Leilani me vio caminando hacia la entrada del local y se acercó corriendo.

—¡Por fin! ¡Por fin llegas! ¿Qué te has hecho? ¿Qué pasó? ¿Te pusieron puntos? Ya pensábamos que te habías ido con ese muchacho… —indagó, mientras me abrazaba como si estuviera recibiendo a una hermana que pensaba nunca más vería.

—¿Peter Paul Parker?

—Si será su nombre de verdad, muchachita preciosa… Al cabo que nos dio una angustia haberte dejado prácticamente abandonada con un extraño en tu hora de más necesidad… y luego, cuando ya estábamos aquí, nos dimos cuenta de lo que habíamos hecho. ¡Qué barbaridad!

Leilani estaba más parlanchina que de costumbre. Como bien dijo ella: debía ser la vergüenza de haberme dejado abandonada. Hoikeana se agarró de mis pantalones y no los dejó ir, ni siquiera cuando empecé a caminar siguiendo a su madre, con ella colgando de una de mis piernas.

—No te preocupes. Yo no soy nadie para ustedes. En realidad soy una carga, una molestia...—dije, mientras miraba a la niña agarrada todavía de mi rodilla derecha, haciéndome caritas y ruidos de animalitos.

Leilani se detuvo cerca de la puerta del establecimiento y me miró incrédula, casi dolida. Luego sacó un vestido de su bolsa y me lo entregó.

—Espero que te sientas mejor de la cabeza. Del corte, me refiero, porque de la cabeza estás mal. ¡Vas a ganarte tu lugar en la carpa esta noche! Ponte esto —ordenó—. Sígueme. Rápido. Apúrate. Hoikeana: bájate de su pierna ahoritita mismo. *Mahalo* —dijo molesta y aceleró su andar hasta encontrarse a varios metros de distancia de nosotras.

Fui tras ella mientras trataba de encontrar la manera de desvestirme, vestirme y caminar al mismo tiempo. A mi lado, Hoikeana iba recibiendo las prendas y poniendo caras graciosas cada vez que le entregaba algo.

Los otros nos recibieron en la puerta.

—Tu nombre es Ikepela —dijo Kamehameha y me colocó un collar de flores.

—¿Qué significa?

—Significa 'coyote aullando a la luna llena' —intervino Leilani, jalándome cerca del estrado.

—Oye, Hoikeana, ¿tú sabes lo que significa Ikepela? —pregunté.

—Lo que mi mamá dijo... —contestó la niña mientras tocaba las perlas de fantasía que adornaban el ruedo del vestido.

—Sube. No tenemos tiempo para discutir tu nombre. Es bello. Ikepela te viene bien. Deja el tema donde está, ¿okay? —ordenó Leilani, empujándome hacia unas escaleritas al lado izquierdo del estrado.

Mientras trepaba los escalones podía ver las mesas llenas de personas comiendo a la luz de velas tenues. Comencé a preocuparme.

—¿Dónde estamos? —susurré.

—En un luau... Vas a bailar el baile típico de la isla.

—¿Qué? ¡No! ¡Yo no sé bailar eso! ¡No! ¡Déjame bajar! —exclamé, tratando de empujarla hacia un costado.

—Tienes que hacerlo. Falta una bailarina. Sígueme. Lo único que tienes que hacer es sonreír, mostrar tu cara bonita y tu cuerpo sensual y dejar que tus brazos y tus manos lo digan todo —contestó Leilani. La pena de la conversación en el estacionamiento se le había pasado, y más bien la sentía juguetona por lo que me estaba haciendo hacer.

—Pensé que los vagabundos no trabajaban… que nada más vagabundeaban…

—Pensaste mal. Ya es nuestro turno. Sígueme. Respira. Relájate. Diviértete.

El escenario oscuro se transfiguró con la luz de los reflectores. Los comensales aplaudieron. Cámaras de video y de fotografía se prepararon para dar cuenta de todos nuestros movimientos. Antes de salir, una de las chicas le dio un retoque a mi maquillaje y me arregló el cabello, sujetándolo con una peineta de concha. Dos muchachos prepararon nuestra entrada haciendo malabares con antorchas. La vieja Marini, ahora transformada en maestra de ceremonias, anunció nuestro grupo de bailes hawaianos. Mi corazón latía con esfuerzo, sentía que me iba a desmayar. Me gustaba ser aventurera, pero esto quizás iba por sobre lo que me acomodaba. Consideré tratar de escabullirme silenciosamente y fue en ese momento que mis ojos se encontraron con los de Hoikeana, mirando desde abajo. La niña me sonrió con inocencia y me saludó con su manito. Fijé mi mirada en esa expresión dulce y de pronto me sentí calmar.

Nuestro primer número musical fue el mismo que bailamos en la playa por la tarde. Me fue sencillo seguir los pasos que aprendí horas antes. El segundo número resultó más complicado. Consistió en un baile de *hula* en el que debía mover las caderas vestidas con las famosas falditas de paja con los cocos al costado. Los movimientos agraciados, dotados de hermosura y distinción, de mis compañeras, contrastaron con las toscas y tiesas brazadas que yo di en el aire, y los pasos que en varias ocasiones chocaron con el ritmo, haciendo que el bello flujo creado por la corriente del grupo fuese arruinada por el remolino en el que yo me convertí, la contracorriente que destruyó la armonía natural.

Sentí alivio cuando por fin Leilani me avisó con la mirada que nuestra parte había terminado y nos tocaba descansar. Bajé las escaleras avergonzada por lo mal que hice quedar a mis nuevas hermanas. Me encontré con la sorpresa de un abrazo general de agradecimiento por prestarme a colaborar.

Otros actos siguieron. Cada cual más bello que el anterior. Parada a un lado del escenario, me enamoré de la música del ukulele y de los bailes polinesios.

Al rato Hoikeana vino a buscarme. Me ofreció un plato de comida. Me sentí tan agradecida por esta niña convertida en mi angelito de la guarda. Aprendí a comer cerdo *kalua*, cocinado en un *imu*, un horno en la tierra, y *haupia*, un postre de coco que en realidad no me gustó mucho.

Al finalizar la cena turística, el grupo se congregó por unos minutos con otros conocidos para discutir cómo regresaríamos hasta Waikiki. Una vez que la forma de pago fue negociada, subimos a la parte de atrás de una camioneta *pickup*.

Me entregaron diez dólares: mi parte de la ganancia de esa noche. Sabía que hice un pésimo trabajo, pero me sentí contenta por haber ayudado en lo que pude. Apoyé mi cabeza en la pierna de Hoikeana y me dediqué a disfrutar del aire de la noche en lo que me pareció un viaje bastante corto.

Al llegar a nuestra zona en el parque frente al mar, nos encontramos con que la gran mayoría de nuestro espacio de la noche anterior ya había sido tomado.

—¿Podemos acampar en la playa? —propuse, pensando que sería el lugar perfecto.

Se rieron.

—Está prohibido. La policía nos sacaría en medio de la noche —explicó Marini.

—Cuando Kapiolani está lleno, vamos a Ala Wai. Puede que todavía encontremos espacio —apresuró el rey.

Kamehameha empezó a caminar y todos lo siguieron. No me quedó otra opción que ir también. Total que a esa hora no me convenía quedarme sola en el parque ni tratar de hacer amigos con algún otro grupo de desconocidos.

Llegamos a Ala Wai después de una caminata que a mí se me hizo muy larga. Al poco tiempo ya estaban armadas todas las carpas en el parque y nos retiramos a dormir. Yo quedé tumbada en un segundo. La cabeza me había empezado a doler de nuevo e Iwalani, la curandera del grupo, me preparó una infusión especial de hierbas para ayudarme con el malestar. Su receta especial llevaba un ingrediente que me produjo sueño casi de inmediato.

La noche, aunque placentera al inicio, se tornó en un pandemonio cuando unas horas más tarde fuimos desalojados por los vigilantes del lugar. Parece que una pareja de turistas, de camino a su hotel, se topó con uno de los hombres orinando cerca de la vereda y, después del susto y el sobresalto por el inesperado encuentro, decidió llamar a las autoridades.

Nuestra familia se desperdigó por todos lados y yo quedé desamparada.

Hoy les puedo dar testimonio fehaciente de que dormir al descampado, inicialmente sobre una vereda y luego, cuando se desocupó, sobre una banca de parque, no es apropiado para nadie. Y cuando digo nadie, me refiero a nadie: de cualquier edad, raza o género. Definitivamente doloroso el despertar con todos los músculos agarrotados y con heridas causadas por piedritas filudas, pedacitos de vidrio o insectos voraces. Increíblemente humillante abrir los ojos para encontrarte con que eres la persona que todos observan desde lejos, temerosos de que seas loca o violenta o salvaje, y a la vez esperanzados de que seas alguna de esas cosas, para así tener algo que contar en la oficina, el autobús, o el avión de regreso a casa luego de las vacaciones en Hawái.

¿Qué podría ser más patético que aquello?, me pregunté.

Que la primera sonrisa de aquel día provenga de alguien que pensabas que nunca más verías: el Mentecato en persona. Peter Paul Parker.

—¿Café? —fue lo primero que me dijo, como si me estuviera trayendo el desayuno a la cama.

—*Room service*? —contesté, tratando de seguirle la corriente.

—*You want towels*? —dijo, haciendo un falsete que semejaba la voz de las mucamas en los hoteles.

Nos reímos por un buen rato. Hubiese querido tener algo bueno que decir para el siguiente diálogo, pero nada me venía a la mente. Aquella noche a la intemperie se robó mi ingenio, me aniquiló la humanidad.

Me senté en la banquita y me acomodé el cabello en una cola. Sentí que estaba apestosa y pegajosa, y me dio incluso más bochorno.

Me tomé el café en silencio.

Peter me miraba sin decir nada, sin preguntar nada. No tenía la tabla consigo. Estaba vestido formalmente, como quien viene o va a una reunión de negocios. No llevaba gomina en el cabello, sus rulos cayendo en remolinos encima de su frente seguían siendo informales. *Muestran su verdadera personalidad,* pensé.

Me sentí avergonzada por mi aspecto. *¿Qué estaría pensando Peter de mí? ¿Por qué estaba todavía aquí? ¿No tenía algún lugar adonde ir, personas que visitar, negocios que concretar?*

Lo miré discretamente. Pensé en mi mal aliento, ahora empeorado debido al efecto del brebaje que él mismo colocó en mis manos. Quería decir algo, pero entonces estaba demasiado consciente del olor que acompañaría cada palabra, anulando cualquier cosa que dijese con la distracción pútrida.

En serio, pensé, ¿por qué está todavía aquí? ¿No fue suficiente con lo que habrá sufrido debido a mí en el baño del avión? ¡Lo que daría por un plato de arroz con frijoles en este momento! Las tripas se sentían pegadas del hambre y el café me empezó a mover los intestinos.

¿Dije moviendo los intestinos? ¡Socorro! ¡Necesito un baño, urgente!, grité dentro de mí.

Recordé que nos habíamos mudado del parque que tenía los baños públicos. No tenía la menor idea de dónde estarían los *restrooms* en ese nuevo lugar. *¿Por qué los llamarían 'rest rooms'?* Uno se pega un descansito en aquellos lugares, pero no es como para que se merezcan ese nombre. Los gringos son muy púdicos para ponerle un nombre que abiertamente explicara lo que realmente se hacía en el *restroom.*

Miré a mi alrededor. Mi cara de desesperación debió delatarme.

—*Yu guant resrun?* —dijo Peter, apenas conteniendo sus risitas.

Lo miré con cara de que lo que se venía se me saldría por las orejas.

Me pasó la mano por el cabello grasoso y sonriendo apuntó hacia un pequeño edificio a pocos metros de donde estábamos.

Salí corriendo. Dejé el café sobre la banquita y la mochila amarrada a la pata de hierro.

Cuando regresé, él todavía estaba ahí. Imperturbable. Disfrutando de la mañana.

—¿Te sientes mejor? —preguntó, burlón.

—Ajá —contesté y sin siquiera mirarlo me puse a aflojar el nudo que mantenía mi mochila atada a la banca donde había pasado la noche.

—Estoy camino a una reunión. Si me acompañas, te puedo llevar a mi hotel luego… Te puedes duchar y cambiar…

Qué pertinaz, pensé. *Pero igual tengo hambre y me muero por ducharme y cambiarme.* No sabía por qué, pero mi pantalón se sentía levemente mojado y tenía arena metida por todos lados.

—Error número tres en las películas de terror: no aceptes ir al cuarto de hotel del desconocido... —contesté, terminando de desamarrar la mochila y ponérmela a la espalda.

—Sobre todo cuando te ofrece una ducha calientita y desayuno...

—Tentador...

—Mira, ¿por qué no te doy la llave de mi habitación? Así, tú puedes ir para allá y hacer todas tus cosas mientras yo estoy en mi reunión. Cuando regrese, nos vamos a desayunar... Para ese entonces ya habrá pasado el efecto del primer café... —dijo, sin poder evitar reírse al final—. El hotel es aquel que sobresale, al terminar esta cuadra.

—¿Seguro? —pregunté, tomando la llave antes de que cambiara de opinión.

—Seguro. No he podido dormir pensando en ti. Quería estar convencido de que estabas bien. Es mi culpa lo del accidente... Mentecata...

—Ikepela.

—¿Tu nombre?

—Mi nombre es Ikepela.

—Bonito nombre. ¿Me aceptas la invitación, entonces?

—No tengo nada mejor que hacer. Te veo más tarde —dije, volteando para dirigirme hacia el hotel de Peter.

Alguien con ese sentido del humor no puede ser un asesino, me dije para alentarme a seguir hasta la habitación y entregarme al mágico poder de una ducha caliente.

❧❦

Disfruté del agua resbalando sobre mi cuerpo desnudo como nunca en mi vida lo había gozado. Algo que hasta ese entonces hice todos los días en piloto automático se convirtió a partir de esa fecha en un placer que aprendí a sentir con todos los poros de mi piel. Sabía que en ese mismo momento Kamehameha, Leilani, Hoikeana y los otros estarían probablemente en el mar, ya trabajando en las tareas del día, sin siquiera haber podido descansar de la noche ajetreada, ni pasar por la delicia de un duchazo o el alivio de tomar un desayuno apropiado.

Peter Paul se demoró un poco más de lo prometido. No me importó porque me dio tiempo suficiente para vestirme, lavarme los dientes y pasarme el cepillo sobre las greñas configuradas encima de lo que la semana anterior fue un cabello bonito.

Parecía una vieja esperpento cuando me miré en el espejo antes de entrar a la regadera. *¿Es esto lo que te hace vivir en la calle?*, me dije. *¿Vejez prematura?* Yo había logrado sobrevivir menos de dos días allá afuera y podía ver una década entera asentada sobre mi rostro... No me quería imaginar los estragos que esa vida diaria les causaría a mis amigos.

El cansancio lo lavé en unos minutos de terapia bajo el agua. El reflejo de mi imagen al finalizar el proceso de embellecimiento fue uno de renovación. Pero, más que aquel símbolo exterior de belleza, sentía que haber compartido ese poco tiempo en el campamento de los vagabundos, entendiendo a fondo en qué consisten las vidas de aquellos que despreciamos sin más cuando nos los encontramos en la calle, me limpió de tanta basura interna y mental. Sentía como si una nueva persona hubiera emergido de aquella experiencia.

El Mentecato cortó mis pensamientos.

—*Towuls*? *Husekiping*? —dijo, usando su voz de mujer con acento extranjero, mientras tocaba la puerta.

—*No tank yu* —respondí, siguiéndole la cuerda.

—*Brak faist*? —contestó, apenas aguantándose la risa.

—¡Eso sí! —contesté, abriéndole la puerta.

—¿Y quién eres tú? —preguntó, realmente sorprendido con la transformación—. ¿Ikepela? ¿Mentecata? ¿Preciosura? —prosiguió, mientras dejaba que una camarera que empujaba un carrito cargado con diferentes tipos de comida para el desayuno acomodara todo sobre la mesa del comedorcito.

—Anaisa —contesté, decidiendo que era momento de confiar en él.

—Anaisa…

—Florescano. Anaisa Florescano.

—Bueno, Anaisa Florescano, ¿nos servimos? No sabía qué es lo que te gustaría, así que traje de todo un poco…

Nos sentamos a la mesa. Los ojos se me iban por todo lo que tenía delante de mí. *¿Qué probaría primero?*, me pregunté, relamiéndome del gusto. *¿Panqueques? ¿Tostadas francesas? ¿Huevos? A lo mejor debía ir por algo ligero, como fruta o yogur… ¿No dicen que si has pasado hambre es mejor no atragantarte con comida o te sientes muy mal al ratito?*

Me decidí por los panqueques con un poco de fruta y yogur.

Peter se fue al cuarto y se cambió el traje de oficina por el traje de baño.

Al salir, se sentó en el sofá para mirarme comer.

—Voy a abrir las cortinas para que entre el sol y puedas disfrutar de la vista —dijo al momento, y se levantó para dejar que el paisaje se mostrara a través del ventanal.

Su habitación estaba situada en uno de los pisos más altos del edificio. Cuando descorrió las cortinas, como quien desliza los telones de teatro, el gesto dramático dio paso a un panorama realmente espectacular.

—¿Qué te parece? ¿Vale la pena, Ikepela Mentecata Anaisa?

—Es una belleza. Gracias por invitarme, pero me voy a tener que ir prontito.

—Quédate conmigo. Ya no tengo más reuniones. Ven conmigo a la playa.

—¿Y mis amigos? Me deben estar buscando...

—¿Vas a bailar de nuevo esta noche?

Me quedé sin palabras. *¿Cómo sabe lo de Isla Paradise?*, me pregunté.

—¿Cómo? ¿Cuándo? Espera... ¿Qué? ¿Cómo sabes? —dije.

Peter se rió. Luego dejó que pasara un rato de silencio para que yo hiciera mis propias conjeturas, debatiera conmigo misma y llegara a mis propias conclusiones.

—¿Vas a bailar de nuevo o qué? —preguntó sonriendo.

—¿Estuviste ahí anoche? ¿Regresaste?

—*Yep. Not too shaby* el bailecito para una aprendiz...

—Era para ayudarlos... Les falló una bailarina y estaban incompletos. De no haber sido así, no hubiese bailado.

—¿Y el baile en la playa?

—Lo mismo... Espera: ¿no estabas en el agua todo ese tiempo?

—*Nop*. Entré al agua cuando ustedes entraron. Antes de eso, estuve admirándote.

—Bueno, ahora sí me tengo que regresar —dije, empezando a colocar mis cosas en la mochila.

Me sentía mortificada al saber que Peter sabía tanto acerca de mí.

Si me ha visto bailando y luego durmiendo en la banquita del parque, habrá asumido que soy una vagabunda. ¿Le debo decir que en realidad no lo soy? ¿Que esto es nada más que una aventura, un experimento, y que esta misma tarde buscaré un trabajo de verdad y un lugar donde vivir?, me dije.

Abrí mi boca para decir eso. Pero lo único que salió fue un ruidito. Nada que pudiera parecerse a palabras, frases u oraciones completas. Me pregunté si sería porque no me sentía obligada a decirle nada o porque quería seguir viviendo como gitana. Pensé en el rey Kamehameha, en Leilani y en Hoikeana. Pensé en lo orgullosa que me sentí cuando me apodaron Ikepela. Con ese sobrenombre me hicieron parte de ellos. ¿Estaba dispuesta a abandonar ese lazo tan fuerte, esa atracción sobrenatural que sentía hacia ellos? ¿Y quién era Peter Paul Parker para hacerme cambiar de dirección? ¿Creía que solamente con mostrarme la mejor vista de la isla me convencería de dejarlo todo por estar con él un día… un miserable, maravilloso, día en la playa?

En mi agitación por tratar de despedirme sin más explicaciones, choqué contra la mesa de la salita, haciendo caer sobre la alfombra unos papeles, documentos y su billetera.

Peter corrió a recoger las cosas.

¿Por qué se está apresurando de esa manera, si para todo lo demás actúa siempre relajado? ¿Por qué se le ve abochornado mientras guarda todo?, me pregunté.

De pronto me entró curiosidad por saber más acerca de él.

Dejé mi mochila al lado de la puerta. Él se levantó, llevó sus cosas al cuarto y cerró la puerta. Se había sonrojado.

—¿Sabes qué? Cambié de parecer. Me quedo. ¿Está bien? —dije, sentándome para admirar la vista.

—¿Y tus amigos? ¿Y el baile? ¿No te extrañarán? ¿No necesitarán a su bailarina estrella? —preguntó, volviendo a su estado natural de bromista.

❧❧

Al salir del hotel nos encontramos con un tumulto de gente corriendo hacia el malecón.

—¿Qué crees que habrá sucedido? — preguntó Peter, y, sin dejarme siquiera pensar en una respuesta, colocó sus dos manos sobre mis hombros, se paró detrás de mí y empezó a moverme, a empujarme mejor dicho, para seguir a la manada de personas que inundó en pocos segundos la calzada.

Al llegar a la arena, nos detuvimos detrás de la línea marcada por la policía. Una cinta de plástico amarilla indicaba que aquella era la escena de un crimen. «Crime Scene – Do Not Cross» era todo lo que nos separaba de ver con nuestros propios ojos, de captar por nosotros mismos lo que había sucedido tan cerca de donde estábamos parados.

Me provocó sacar mi credencial de reportera. *¿Me creerán que soy verídica, que soy coleguita, periodista, del gremio?*, me pregunté. Ni yo misma lo creía. Con todas las aventuras vividas en los últimos días, *La Mosca de Moscarrón* se me hacía tan lejana. Sentía que habían pasado siglos desde la última vez que cubrí una noticia. *¿Y qué sé yo de cubrir experiencias verdaderas?*, me dije. Moscarrón no era una metrópolis. Ni siquiera era una ciudad a toda cabalidad. A mí se me hacía que Moscarrón era una pieza de teatro sin final.

Peter notó que me encontraba plenamente abstraída en mis pensamientos, apartándome de él hasta desvanecerme mentalmente, volando figurativamente hacia algún lugar retirado en donde no había cabida para su mundo, y buscó traerme de regreso a su lado. El muy ladino quería seguir embromando conmigo, con su nuevo juguete. Me codeó y dijo:

—¿Qué crees? ¿Ahogado? ¿Intoxicado? ¿Asesinado por un caracol de mar? ¿Acuchillado? ¿Paralizado por un pulpo de anillos azules?

Lo miré enredada por un momento, regresé al presente y luego, siguiéndole la chacota, le contesté:

—Intoxicado... No, ahogado... No, intoxicado. Intoxicado, *final answer*.

—*Final answer?* ¿Segura? —contestó, bajándose hasta mi altura para mirarme a los ojos mientras sonreía misteriosamente.

—Sí. Qué pesado. Sí, intoxicado es mi respuesta final y ya —contesté, pegándole suavemente en el hombro para dejarle saber que me gustaba mucho su compañía.

—Hubiera preferido que dijeras «duelo de señores feudales con espadas filudas», pero está bien. Juego tu juego. Intoxicado. ¿Con qué? —dijo, pasando su mano por mi cuello, tocando levemente el cabello todavía mojado que caía sobre mi frente.

Sonreí. Lo pensé por un momento. Luego le dije:

—¿Pescado?

—¿Crudo?

—Recién salido del mar...

—Intoxicado con... una sirena... Eso es otra cosa muy diferente, querida mía...

Me reí. Peter tenía una genialidad inigualable para tomar tangentes inesperadas.

El melodrama que se había armado pasando la cinta amarilla nos llamó la atención de nuevo. Podíamos ver a los rescatistas parados cerca de la orilla del mar. Un joven salvavidas daba vueltas, impaciente, junto a ellos. De rato en rato se detenía para observar su progreso.

Pasaron varios minutos. La multitud se había convertido en testigo mudo. Peter dejó de hacer chistes. Cerca de nosotros unos policías hablaban en voz baja. Más allá, unas jovencitas en biquini batallaban sus lágrimas.

La novelería del momento se tornó en espera silenciosa.

Otros rescatistas se unieron al primer grupo, cerca de la orilla. Traían un equipo diferente del que estaban utilizando los primeros. A pesar de que no podíamos ver bien desde donde estábamos, podíamos adivinar que probablemente alguien estaba muy cercano a morir.

A lo lejos, acercándose a los rescatistas, vi a Leilani. Los otros la seguían, corriendo a su costado. Marini estaba sentada en la arena, al otro lado del malecón, con los niños. El joven salvavidas y unos policías corrieron al encuentro del grupo. Los detuvieron antes de que llegaran hasta donde se hallaba la persona que intentaban revivir. Leilani y los otros intentaron abrirse paso. La policía no se los permitió. La vi caer sobre la arena todavía fría de la mañana. Desde donde estaba, podía escuchar sus alaridos de desesperación.

¿Quién es? ¿Quién es? ¿Quién está con los rescatistas, luchando por su vida, mientras Peter y yo hacemos bromas? ¿A quién estoy por perder? ¿A quién de mis nuevos amigos, de mi nueva familia, tendré que decir adiós?, me pregunté consternada.

Crucé la línea imaginaria demarcada por la cinta amarilla de plástico. Apuré el paso hacia Leilani, mi vista fija en ella. Un policía gordo corrió detrás de mí. Peter también se apresuró hacia donde yo estaba dirigiéndome. Llegué hasta donde se encontraba el grupo al mismo tiempo que los rescatistas daban su lucha por finalizada. Leilani se levantó y se encaminó con rapidez hacia ellos. Todos la seguimos.

—¡Kamehameha! ¡Kamehameha! ¡Kamehame... El rey no muere... El rey no debe morir... —Leilani repetía, atragantándose con las palabras que le salían en bolondrón, atolondradas, confundidas como sus sentimientos—. Mi padre. Por favor, no se lleven a mi papá... Tienen que tratar. El rey no puede morir. En este reino no muere nadie... Por favor...

ᴥᴥ

Kamehameha murió ahogado en el mar. Dicen que desapareció la noche anterior, a las pocas horas de que la policía nos dispersara. Recién terminaban de acampar en otro lugar cuando Leilani lo vio caminando hacia la playa detrás de una joven que parecía extraviada.

Fue la última vez que vio a su padre. Cuando despertó, el rey no estaba.

—Debí haber salido a buscarlo en ese momento. Tal vez lo hubiera encontrado todavía vivo —me dijo Leilani ese día en la playa, mientras colocaban el cuerpo inerte de quien fue su padre en la ambulancia.

Lloramos la pérdida de Kamehameha en la playa durante horas, hasta el atardecer de ese día. Su cuerpo fue incinerado y las cenizas le fueron entregadas a Leilani para el homenaje final.

Nos despedimos de él con una ceremonia fúnebre al estilo hawaiano. El día estaba precioso. El mar se veía de un azul intenso cuando le dijimos adiós. Todos vestíamos el atuendo típico de la isla y llevábamos puestos collares de vistosas flores. Cantamos varias canciones, las favoritas del rey, mientras Leilani esparcía sus cenizas en la playa, frente al parque donde los conocí, en Waikiki.

—*Aloha au la 'Oe. A hui hou kakou.* Te quiero. Hasta que nos veamos nuevamente —dijo Leilani al final de la ceremonia.

—*Aloha au la 'Oe. A hui hou kakou* —repetimos todos.

Con la caída del sol, regresamos al parque. Una iglesia donó la comida, la cual ya estaba servida cuando llegamos al campamento. Nos quedamos horas frente a la fogata, comiendo, departiendo y recordando al gran rey que fue en vida Kamehameha.

Peter se quedó a mi lado en todo momento durante ese día. Insistió en servir de vigía la noche del funeral.

—Así tú puedes dormir en la carpa con Leilani y Hoikeana, que te necesitan en este momento —me dijo amoroso.

Cuando desperté a la mañana siguiente, vi que Peter había colocado una toalla frente a la puerta de nuestra carpa, encima de mitad tierra y mitad cemento, y se había quedado dormido.

Me siguió a todas partes los siguientes días, al punto que me tuve que preguntar si estaba enfermo o qué le pasaba.

Al cabo de una semana me preguntó si estaba de humor para ir a una excursión con él.

Le conteste que «sí».

Fuimos a la costa norte de Oahu, la que es famosa por las hermosas playas y las olas inmensas para los tablistas. Creo que vimos todas y cada una de las playas. Pasamos por ensenadas y acantilados, siguiendo la carretera que da la vuelta a la isla.

Nos detuvimos cerca de Kahuku para comer un almuerzo fabuloso de camarones que vendían en unos remolques que no se veían muy limpios que digamos, pero que eran una conocida atracción turística. Yo me pedí camarones con coco. Peter, arroz con camarones picantes al ajillo.

A pesar de que mi intención era entrevistar a Peter, la entrevistada terminé siendo yo. Peter no me dio una sola ocasión para hacerle preguntas acerca de su vida, sino que más bien se la pasó indagando acerca de la mía. Y, no entendía en ese momento por qué, pero parecía particularmente fascinado con mi niñez en Moscarrón.

Ya casi para el atardecer llegamos a una playa bellísima, con unas olas inmensas. Cuadramos el Jeep cerca de la arena. Peter se puso su traje isotérmico y me acomodó debajo de una sombrilla, muy cerca a la orilla.

—Quiero que me termines de contar cuando salga del mar.

—Moscarrón, los terribles años de la adolescencia —contesté, colocándome las gafas para sol.

—Exacto —dijo, sorprendiéndome con un beso en la boca.

Sin que yo le pudiese responder, se metió al agua con su tabla. Yo me quedé disfrutando de la tarde y del beso que me acababa de plantar Peter Paul Parker en los labios que fueron vírgenes por tantos años.

El mar estaba de un azul celestial. El sol chocando contra las olas cegaba a ratos. La marea terminando de reventar casi a mis pies me refrescaba. Peter desapareció en el horizonte en unos segundos y no lo volví a ver más. Su mochila, sentada a mi costado, se convirtió en una tentación que pude resistir por treinta minutos sólidos, al cabo de los cuales me di por vencida y determiné que si estaba aburrida era su culpa, por haberme dejado abandonada tanto rato.

Abrí la bolsa y saqué su billetera. Tarjetas de crédito. Licencia de Estados Unidos. Su nombre era, en efecto, Peter Paul Parker. ¡Me sentí tan orgullosa de haber estudiado periodismo! Metí la mano dentro de la ranura de la billetera, aquella donde se esconden papelitos, cartitas, notas que no quieres que otros vean… Saqué una foto antigua. Era de una niña y un niño, hacía como veinte años atrás, vestían ropa dominguera y estaban agarraditos de la mano.... *Qué lindos*, pensé. Volteé la foto y leí la inscripción: «Pedrito y Anaisa Florescano, 10 años». *¡Espera un momento!*, me dije mientras miraba la imagen nuevamente. *¿Esa niña soy yo? ¿Qué? ¿Qué hace una foto de mí en la billetera de Peter Paul Parker? Yo no recuerdo haberlo conocido antes... ¿¿¿Ah???*

Me levanté sobresaltada. La billetera cayó sobre la arena, solté la foto como si quemara. No entendía qué estaba sucediendo.

—¿Ya te acordaste de mí? —dijo Peter, saliendo del mar.

Recogí la billetera y la foto antes de que se mojaran. Me sentía confundida.

¿Quién es Peter Paul?, me pregunté. *¿Soy realmente yo la de la foto?*

—¿Es un truco? —contesté, entregándole la billetera y la foto—. Esa niña se parece a mí... Pero... no puede ser... Ese niño...

Peter me miró con ternura. Me dijo:

—¿No recuerdas tu primer amor?, ¿tu primer beso?

Pensé en su pregunta por un segundo. Recordé al niño de la foto.

—¿Pedro? —contesté. La voz me temblaba con antelación.

—Pedro Martínez.

—¿Pedro Martínez? ¡Sí! ¿Cómo es que...?

—Anaisa... ¿No lo sentiste? ¿No sentiste que me conocías? ¿No sentiste que había algo acerca de mí que se te hacía conocido, familiar? ¿No experimentaste un *dèjá vu* en algún momento en estos días?

—¿Pedro Martínez? ¿Eres tú? Pero... ¿y tu nombre...?

—Mi papá murió... y nos fuimos de Moscarrón. Mi mamá se casó con el señor Parker y él me adoptó y pensó que sería mejor cambiarme el nombre a uno en inglés... Yo nunca me olvidé de ti... mi primer amor, mi primer beso... He tenido esa foto en mi cartera por décadas...

—¡Qué romántico!

—He seguido tu vida, tu carrera...

—¿Este viaje?

—Me enteré por tu hermano. Somos amigos en redes sociales.

—¿El avión?

—No fue coincidencia.

—¡Qué vergüenza! Disculpa, comí demasiado en el aeropuerto.

—Sí, lo sé...

—Qué vergüenza…

—No te preocupes. Sigues igual de linda que cuando eras una niña en Moscarrón.

—¿La primera vez que nos vimos en la playa?

—No fue coincidencia.

—¿La mañana que me encontraste en la banca en el parque?

—No fue coincidencia.

—¿En serio? ¿Todo esto solamente para volver a verme?

—He soñado por años con este reencuentro. Seguro que tú me borraste, que creíste que te dejé plantada porque me desaparecí de súbito. La verdad que la muerte de mi padre fue muy triste. No sé si te acuerdas que él trabajaba de vendedor viajero y solamente habíamos vivido en Moscarrón unos cuantos meses cuando él murió en un accidente de autobús. Paul Parker era su jefe y, cuando mi papá murió, nos ayudó muchísimo y luego se enamoró de mi mamá y se casó con ella. El problema fue que cuando papi murió nos fuimos de Moscarrón a otra ciudad donde mi mamá tenía familia, y yo, como era chico, ni siquiera sabía cómo mandarte una carta. Luego te escribí, pero no sé si las cartas te llegaron, porque no recibí respuesta.

—Ni una sola carta. Creo que en efecto te había olvidado del todo, tal vez porque fue como que la tierra te hubiese tragado de un día para otro. Si escribiste, tus cartas nunca llegaron.

—Me encontré con Rafael mucho después y me contó de ti, pero no me atrevía a acercarme directamente. Primero, porque estabas casada. Luego, porque tanto tiempo había pasado. Cuando escuché que te mudabas a Hawái, sentí que tenía una oportunidad.

—¿Y eso?

—Es que mi segundo papá, Paul Parker, murió hace poco y me dejó todos sus negocios, incluidas unas empresas en las islas. Por eso estaba bien al saco y la corbata la otra mañana. Estaba atendiendo una reunión con la junta directiva de su corporación.

—Lo siento mucho, Peter Paul... Pedro...

Peter sonrió.

—Todo eso está en el pasado. Lo importante es que tú y yo estamos en este hermoso lugar, finalmente juntos, en el presente. Lo demás no es relevante —dijo.

—Este es el mejor presente *ever*, Mentecato... Gracias por buscarme —contesté.

Nos abrazamos.

Me pregunté si podría volver a enamorarme de aquel primer amor.

Damaris Espinal y la sed de salvación

Todo empezó como jugando. Ya llevábamos casi una década de casados y éramos lo que podría catalogarse como una pareja normal. Dos trabajos. Dos ingresos. Fuera de la casa antes de las ocho de la mañana, de regreso después de las seis de la tarde. Comida frente al televisor entre las ocho y las diez, unos cuantos minutos del noticiero de la noche, y luego, a dormir. Los sábados hacíamos las compras del supermercado. Casi siempre lo mismo, excepto que una vez al mes comprábamos lomo de res y un buen vino tinto, y nos preparábamos una parrillada deliciosa. Al regresar de la tienda, nos dedicábamos a limpiar la casa, a hacer la lavandería y a pagar las cuentas. Si quedaba tiempo, tal vez íbamos a cenar o al cine. Rara vez salíamos con amigos. La verdad, no teníamos muchas personas a nuestro alrededor a quienes llamábamos amigos. Los domingos íbamos a misa por la mañana y nos pasábamos la tarde en la cama, jugueteando debajo de las cobijas, pero casi siempre haciendo lo mismo, casi por reloj ya sabíamos lo siguiente que nos tocaba hacer, qué posición debíamos tomar, qué gemido emitir.

Como dije, éramos una pareja normal. Lo único que nos diferenciaba de otras parejas era que no teníamos niños.

Hasta en materia de peleas éramos promedio. Generalmente empezábamos por algo bastante tonto, como quién se olvidó de recoger los platos sucios, o quién no pagó una cuenta que ya estaba por vencerse. Llegábamos a las palabras fuertes muy rara vez. Lo común era que no nos habláramos por unas horas, y para cuando estábamos por llegar al momento de acostarnos, ya se nos había pasado y nos amistábamos. Al día siguiente nos comportábamos mucho mejor el uno con el otro, aunque nunca más conversábamos del tema, de la causa del disgusto entre los dos. Realmente, barríamos todo para un costado y era como si no hubiese sucedido nada.

Pero he de reconocer que de vez en cuando, muy de vez en cuando, él sí perdía los papeles. En esas contadas ocasiones, reaccionaba de una manera que solamente puedo calificar de desequilibrada. Aunque, como dije, eso sucedía tan poco que yo trataba de no tomarlo en consideración.

Para mí, como vengo detallando, todo era normal y me esforzaba por estar contenta con lo que tenía. Él parecía satisfecho también. Nunca hablábamos de otras parejas, de lo que tenían, de sus hijos, de sus trabajos. «¿Para qué compararnos, si esto es lo que tenemos? Nos toca ser agradecidos por tenernos el uno al otro, por nuestros trabajos, nuestra casa… Vivimos una vida cómoda y feliz. No necesitamos más nada mientras permanezcamos juntos y bendecidos de esta manera», decía él, mi marido. Su nombre era Javerche Espinal, pero lo llamábamos Javi de cariño.

Un día llegué a la casa después de las seis. Yo venía alegre porque me había pasado todo el camino desde que salí de la oficina pensando en cocinar algo bien rico. Estaba antojada de comer algún plato típico dominicano. Capaz unas habichuelas guisadas, que a mí me quedan muy ricas porque les agrego auyama en cuadraditos para darle un toque de color y sabor, y también les añado un agrio de naranja casi cuando están listas… Ummm… Y casi siempre los acompaño con tostones y arroz blanco.

El cuento es que entré a la cocina para darme el encuentro con Javi y empezar a cocinar para la cena y me lo encuentro borracho, sentado en el suelo cerca del refrigerador, con una botella de ron en una mano y un cigarrillo a medias en la otra.

—¿Qué pasó, Javi? ¿Qué diablos pasó? ¿Por qué estás emborrachándote? ¡Y a estas horas! —pregunté, horrorizada por lo que me recibió al llegar del trabajo. Venía cansada, y lo último que quería era limpiar el mugrero que mi marido me estaba haciendo en la cocina que acababa de trapear el sábado anterior.

Javi ni siquiera me miró, ni siquiera reconoció que yo estaba ahí y que necesitaba que se moviera de enfrente de la nevera para que yo pudiese sacar los ingredientes que precisaba para empezar a preparar la comida. El estómago me sonaba escandalosamente, por lo que todo este espectáculo solo lograba ponerme de muy mal humor.

—Javi, vamos a moverte para que estés más cómodo con tu trago y tus cigarrillos. Sabes muy bien que no me gusta que fumes dentro de la casa. Ya ves que ese olor se pega a las cortinas y a la alfombra, y después no hay cómo sacarlo. Yo creo que se enquista en las paredes para siempre —dije mientras trataba de ayudarlo a levantarse y sentarse en una silla frente a la mesa del comedor.

Javi se sentía como peso muerto. No estaba colaborando conmigo. Me agaché para agarrarlo por la cintura y la nuca. Al pasar el brazo y colocar mi cabeza cerca de la suya, sentí en mi cuello un chorrito de baba y ron que venía de su boca abierta.

—¡Javi! ¡Qué asco! Cierra la boca, que me estás babeando el cuello —grité exasperada por aquella agresión.

Volteé para zafarme de esa lluvia inusitada de gérmenes y al querer levantarme tan repentinamente me choqué contra la colilla de su cigarrillo y me quemé la mejilla.

—¡Coño! ¿Qué te pasa? ¿No ves que estoy tratando de ayudarte? —chillé, y corrí al baño para echarme agua y pasta de dientes en la quemadura.

Cuando regresé, lo encontré en la misma posición en que lo dejé. La vista ida, perdida en algún otro lugar distante, y la babita todavía corriéndole desde las comisuras de los labios, bajando por su mentón, a veces saltando directamente desde ahí hasta su pecho, a veces deteniéndose primero sobre su manzana de Adán y luego goteando hacia el centro de la camisa de cuello que usaba para la oficina, y que ahora estaba arruinada por las manchitas de ron, cenizas y saliva. Me pregunté si tendría tiempo de lavarle y plancharle esa camisa para que tuviera algo que usar al día siguiente en el trabajo. Felizmente tuvo el buen tino de sacarse la corbata y colocarla dobladita encima del repostero antes de empezar con toda esa tontería.

—Quítate la camisa. Quítatela ya, que la voy a tener que lavar en este instante —le dije agachándome de nuevo para proceder a desabotonarle los ocho botones delanteros y los dos de cada manga, y desvestirlo con mucho cuidado de no volver a quemarme.

Javi me miró por un instante y sonrió.

—Tú me cuidas. Tú me quieres y por eso me cuidas —murmulló, pasando la mano con la que estaba asiendo el cigarrillo por mi cabello—. Nadie más me quiere… ¿Sabías eso? ¡Nadie!

—Te voy a lavar esta camisa y luego te voy a cocinar tu platillo favorito… —contesté, tratando de calmarlo, de regresarlo a la normalidad que tanto nos acomodaba.

—Siéntate. Siéntate aquí, a mi lado, y tómate un traguito conmigo. No hay necesidad de lavar la camisa. No hay necesidad de hacer nada… Porque tú me quieres… y eso es lo único que cuenta… —objetó, jaloneándome el pantalón desde la basta mientras me ofrecía la botella casi vacía.

Me dio pena verlo así, tan embriagado y desamparado. Sus huesos se mostraban muchísimo cuando estaba desvestido y los espumarajos que seguían cayendo de su boca habían convertido ese pecho, que en un pasado no tan distante fuera musculoso y atractivo, en un adefesio con una especie de barniz lustroso de gotitas que pronto se convertirían en un engominado resbaloso y maloliente.

Me senté a su lado, sobre el piso de cerámica que había rasqueteado por horas hacía unos pocos días. Con ira disimulada contemplé la capa de suciedad que ahora delineaba el espacio que él ocupaba y que acapararía quién sabía por cuánto tiempo más. *Tendré que baldear de nuevo apenas logre desalojarlo de este lugar*, pensé para mí misma, dándome un respiro para lidiar con lo que habría creado aquel problema en primer lugar.

—Chupa. Chupa. Tú te mereces esto y mucho más —señaló, brindándome la botella.

Puse mis dedos sobre el vidrio. El olor a ron barato competía con la repugnancia que me causaba tener que poner mis labios en el pico de la botella en la que mi marido, para todo efecto práctico, había estado escupiendo por horas. Sonreí para darle el gusto y le acaricié la mejilla mientras me tomaba un buen sorbo de alcohol.

La bebida me tumbó un poco. Su abrazo caliente me relajó. Me pregunté si tendría algún otro tipo de trago en la casa. Si Javi iba a estar ebrio en día de semana, mejor me unía a la fiesta; si no me la iba a pasar molesta, limpiando, cocinando y lavando el resto de la noche.

—Dime, ¿qué pasó…? ¿Por qué estás así? ¿Estás celebrando algo? —pregunté, abriendo una botella de vino blanco que una amiga me regaló por mi cumpleaños y que yo guardaba para una ocasión especial.

—¡Estoy celebrando mi libertad! ¡No más corbatas para Javerche Espinal! Tal vez también le dé de baja a los pantalones. ¿Quieres ver más pierna de tu Javi? ¡De ahora en adelante te voy a mostrar las piernas todos los días! —contestó riéndose como un condenado.

De pronto se levantó y, lanzándose sobre la corbata, empezó a tratar de romperla en pedazos con sus manos. Cuando eso no resultó, buscó una tijera y cortó a su preferida en tiritas finas que dejó caer como pétalos de rosas a mis pies.

—Javi… ¡No! ¿Has perdido la cabeza? ¿Con qué vas a ir a trabajar mañana? ¡Es tu corbata preferida, la que te regalé en Navidad! ¿Qué te pasa, Javi? ¿Qué te pasa? No te reconozco. ¡Me estás asustando! —chillé mientras trataba de detener la masacre de su única prenda fina, la que yo le compré con tanto esfuerzo.

Javi seguía riéndose, con unas carcajadas macabras, seguidas de hipos, disfrutando deshacerse de aquello que lo mantuvo atado a un horario, a una rutina y a un cheque semanal.

Cuando terminó con la corbata y no quedaba nada que rescatar, se detuvo y quedó inmóvil por un segundo, buscando otra cosa para arruinar. Luego dijo:

—¡Los pantalones! Yo destruyo los pantalones… tú, la correa… Que no quede nada —ordenó, quitándose el resto de las prendas hasta quedar solamente en ropa interior.

—¿Qué estás haciendo? ¿Pasó algo en el trabajo hoy día? ¿Por eso estás tan molesto? —dije, tratando de arrebatarle los pantalones antes de que también los cortara en pedacitos.

—Déjame. Déjame exterminar este símbolo de la desvergüenza. Este recordatorio de mi vida... la vida que les entregué, que les regalé de buena fe... Les di todo, Damaris, ¿cómo me pueden haber traicionado de esta manera? Ni siquiera la vi venir. Como un torpedo de submarino, despacito llegó hasta mí, sin que lo sintiese... hasta que no quedó nada... Aquella bomba se lo llevó todo. ¡Todo! Y me dejó en la calle... sin trabajo. Un hombre sin trabajo no es un hombre, Damaris. ¡Por las buenas o por las malas, entrégame los pantalones!

Javi me robó los pantalones y saltando por sobre el sofá de la sala se atrincheró detrás de la mesa del centro, jalando unas sillas para que, en su mente embriagada, yo no me pudiese acercar.

Nunca lo había visto así, tan vivo y a la vez tan trastornado. Viéndolo saltar de arriba a abajo en solamente pantaloncillos a mí se me hacía más como alguien escapado del manicomio que como mi marido.

Cuando por fin terminó de recortar la última tirita de los pantalones, se me acercó de nuevo para llevarse la correa. Esta vez salió disparado hacia nuestra habitación y, antes de que lo pudiese alcanzar, cerró la puerta con llave.

Lo escuché mover muebles por un buen rato y luego se hizo un silencio sepulcral.

—¿Quieres que te traiga una copita de vino? —pregunté intentando restablecer la comunicación. Me preocupaba no escuchar nada desde hacía buen rato.

—¡Vete! No te necesito para lo que voy a hacer ahora... —gruñó desde adentro. Parecía que su humor se hubiera transformado de locura maquiavélica a melancolía resentida.

—Hacemos todo juntos, Javi. No me vas a dejar solita, parada como una tonta, aquí afuera... ¿no? —dije intentando razonar con él—. Ábreme y hablemos.

Pensé que se estaba acercando a la puerta, pero en ese instante escuché nuevamente el trajín de los muebles dentro del cuarto.

—¿Qué desorden me estás haciendo ahí, Javi? ¿Me vas a hacer trabajar el doble? Acuérdate que mañana es día de... —empecé a decir, e intempestivamente me interrumpí cuando recordé que Javi estaba desempleado.

—¿Día de qué? —preguntó con la seriedad de un sepulturero.

—Día de nada... Me equivoqué. Quise decir que mañana será otro día y es mejor pasarlo juntos. Déjame entrar, quiero verte, no seas malito...

—No.

—Entonces, dime qué estás haciendo... Quiero que me cuentes todo —insistí, tratando de ganar tiempo hasta que se le pasara la borrachera y regresara a sus cabales.

—No. Vete.

—¿Te acuerdas esa vez que fuimos a la playa y nos quedamos hasta después del atardecer y luego nos metimos al mar totalmente desnudos? ¿Te acuerdas lo divertido que fue? Estar en Punta Cana, esa zona tan turística, con hoteles preciosos y restaurantes finísimos... y nosotros divirtiéndonos en grande sin gastar un mísero peso.

Segundos pasaron y Javi no me contestaba, así que me compelí a seguir hablándole.

—¿Te acuerdas de mi biquini?

—¿El rojo o el blanco? —le oí por fin decir desde el otro lado de la puerta. El ruido de los muebles arrastrados por el piso de madera también se detuvo.

—¿Cuál te gustaba más?

—Cuando nos conocimos tenías uno que era como una tanga... creo que era blanca con dorado... —dijo después de un rato.

—¡Todavía lo tengo! ¿Quieres que te haga un desfile de modas? Ábreme la puerta y te muestro...

No me contestó, pero lo escuché empujar los muebles de nuevo. Al rato me abrió la puerta y me dejó pasar. Me espeluzné con lo que vi. Parecía como si un huracán hubiese cruzado por nuestra habitación, todos los muebles estaban en un sitio diferente al que les correspondía y las lámparas estaban amontonadas en el centro de la alcoba. Mis cosas estaban regadas por todos los lados. Pero lo que más me perturbó fue ver una mesa de noche encima de la otra y unas sábanas amarradas colgando de una de las vigas del techo. ¿Qué había estado tratando de hacer Javi aquella noche? No le quería preguntar por temor a irritarlo, pero, sobre todo, porque prefería no saber. En silencio, empezamos a colocar cada cosa en su lugar y nos metimos en la cama sin decir una palabra más.

⚚

Al despertar encontré a Javi sentado encima de la cómoda, mirándome fijamente. Sus ojos se notaban inyectados, colorados, como si hubiera llorado. Las sábanas todavía colgaban allá arriba, en el travesaño, como un oscuro recordatorio de lo que podría haber sido.

—Javerche… ¿Qué pasa? ¿Por qué me miras así, tan extraño?... ¿Y qué estás haciendo trepado en el mueble? Pareces un duende de esos malos… ¿Cómo es que se llaman? —dije tratando de distraerlo, de que se olvidara de aquello que lo alteraba.

—Tú estás loca de atar. Querrás decir como un fantasma, no como un duende. ¿Acaso no son los duendes como hadas madrinas y pueden hacer realidad todos tus deseos?

—No. Como un duende. Encaramado ahí arriba, encorvado de esa manera, pareces la mitad de persona que eres. Y con esos pantalones cortos de color rojo candente pareces duende... Aunque con esa cara que te traes pareces ayudante del diablo, no de San Nicolás...

—Yo no puedo hacer realidad ningún deseo... Ni siquiera mi deseo de que me devuelvan mi trabajo... —contestó alargando el brazo desde donde estaba para tratar de agarrar las sábanas.

Me pregunté si mi esposo había perdido la razón junto con el trabajo y si querría colgarse frente a mí.

—Yo lo sé... Javi... No es tu culpa... son cosas que pasan... ¿Y qué?

—¿Lo sabes y no estás disgustada conmigo?

—No. Son cosas que pasan. Bájate de ese mueble que me lo vas a arañar...

Javi me miró incrédulo. Le sorprendía que yo no le recriminara por nada. Con toda sinceridad me daba terror hacer más daño que bien si decía algo. ¿Total? No importaba lo que yo dijera, nuestra situación seguiría igual con o sin mi opinión... Y molestar más a mi marido no era algo que yo quisiera hacer a propósito. Cuando se ponía de mal genio era adepto a agarrárselas conmigo si me le cruzaba en mal momento. Si, ya sé, mentí un poquito al comienzo para hacerlo ver mejor. Tal vez para pintarlo como el esposo que me hubiese gustado tener. A nadie le gusta admitir que su marido es abusivo, ¿no? ¿Cómo iba? Ah... sí... Así más bien estábamos mejor por el momento: yo, de madre engreidora; él, de niño herido. Si mantenía nuestro ambiente de esa manera, pasaríamos lo peor de la crisis sin que yo me llevara un rasguño, de los que duelen en la piel o de los que hacen heridas en el alma.

Terminé de despertarme y me vestí apenas comprendí que él podría enfrentar las primeras horas de desempleo sin recurrir a un mayor drama. Dejé a Javi todavía sentado sobre la cómoda cuando salí rumbo a mi trabajo. Como no tenía la certeza de que no se fuera a hacer daño, toqué la puerta de una vecina que cuidaba niños en su casa.

—Javi no se siente bien y está comportándose un poco extraño esta mañana... ¿Podrías pasar a verlo y llevarle una sopa o algo ligero de comer dentro de un par de horas? —mentí, en parte por vergüenza, en parte para no alarmarla y convencerla de que me ayudara.

—¿Qué le pasa a tu marido? ¿Está raro o está peligroso? Porque sabes que es muy diferente... Raro es una cosa... raro es mi perro... Peligroso es algo que no quiero ni acercarme…Ya sabes que si me levanta la mano, o si me levanta la voz siquiera, yo me salgo corriendo de tu casa y no lo alimento. No señor, no lo alimento si va a ser tamaño malcriado. Es más: llamo a la policía, que tú ya lo deberías haber hecho hace rato…

—No seas mala. No seas exagerada tampoco. El Javi nunca se ha metido así feo contigo. Mira aquí: él está bien, ¿oíste?, solamente que está raro porque tiene una infección muy dolorosa y debe tomar unos remedios que le quitan el problema aquel pero le hacen retorcer los intestinos. Llévale algo de comer y verás que se porta bien contigo —mentí de nuevo para proteger mi imagen y convencerla de que se apiadara de mí.

Le rogué por un buen rato hasta que mi vecina acordó finalmente llevarle algo de comer a Javi.

—Lo hago por ti y más nada que por ti. Por ser buena vecina. Porque a mí, te digo desde ya, ese Javi me espanta —explicó.

De camino hacia el trabajo me pregunté por qué estaba yo todavía con Javerche. Sentada en la guagua escuchaba una y otra vez las palabras de mi vecina y recordaba la escena que me hizo Javi la noche anterior y el susto que me llevé por la mañana. Pero por mucho que quise encontrar el motivo para fulminar de una buena vez esa relación que ya me había costado mis amigas, mi familia y mi amor propio, lo único que me pude contestar con cierta tranquilidad fue que todavía amaba a mi marido y que si él estaba pasando por un mal momento era mi obligación estar a su lado... *En riqueza y en pobreza... hasta que la muerte nos separe,* me dije. Y con ese pensamiento logré sosegarme y enfocarme en el trabajo.

❧❦

Lo encontré mucho más calmado a mi regreso, después de las seis. Me comentó que cuando el hambre de la mañana empezó a arreciar y se dio cuenta de que realmente me había ido a trabajar, se bajó por fin de la cómoda, se duchó, se cambió, comió algo ligero y se metió nuevamente a la cama. Me contó que pasó dormido gran parte del día. Me dijo que solamente se despertó un rato cuando llegó Soila, la vecina, para traerle algo de comer. Me reconoció que me hubiese acordado de coordinar lo de su almuerzo antes de irme para la oficina y me prometió que fue respetuoso con Soila y que le dio las gracias por lo menos dos, si no tres veces: la primera, cuando recién llegó y lo sorprendió con algo tan delicioso; la segunda, cuando le sirvió los platillos y se los acomodó sobre la mesa de la cocina, y hasta le puso los cubiertos y un vaso con agua; y la tercera, cuando se llevó los trastos de regreso a su casa, dejando todo limpiecito y la estufa sin usar, de modo que yo no me tendría que ocupar de nada por la noche.

—¿Y, qué has pensado hacer? —le pregunté con indiferencia mientras preparaba la cena y recogía la ropa que quedó regada por la alfombra y el piso del baño de nuestra recámara desde el revolú del día anterior.

Javi me miró confundido.

¿Tal vez pensaba que yo me ocuparía de todo, de ir a trabajar durante el día para obtener un sueldo que haría las veces de dos, y luego regresaría a mi segundo turno laboral, ya en la casa, donde me tocaría limpiar, cocinar y escucharlo contarme las telenovelas mientras lo veía perder todo su atractivo?

—¿Hacer? Acabo de pasar por un momento sumamente traumático, ¿y se supone que debería pensar en qué hacer? Tú eres una mujer muy mala, Damaris… muy perversa… Tú no tienes corazón… Solamente quieres que trabaje y trabaje… ¿Tú quieres que tu marido sea como una de esas mulas que no saben ni que las están explotando y solamente se dan cuenta del grave error que han cometido al confiar en sus dueños cuando las llevan a matar, a sacrificarlas porque ya no sirven para cargar pero su carne todavía se dejara comer? ¿Eso tú crees que soy yo? ¿Una mula de trabajo? ¿Eso tú crees? —increpó furioso, a la defensiva, tornando una simple pregunta en un drama, como siempre que no encontraba qué responder.

Me sentí mal por haber preguntado. Escuché a Soila hablándome, implorándome que lo dejara, insistiendo en que Javi no servía para más nada que hacerme sentir mal. Mentalmente le dije a la vecina inmiscuida en mis problemas de pareja que se callara la boca de una buena vez, que de nada valían esos pensamientos, que tendría que resolverlo yo solita, calmándolo de la única manera que lo aplacaba de verdad: entregándole mi cuerpo.

—Perdóname papi, no te disgustes así conmigo... Yo me puse fea preguntándote lo que no me debería interesar, de pura metiche, de chismosa nomás... Tú eres el hombre de la casa, mi bombón lindo, tú sabes lo que haces... Yo no sé lo que estoy diciendo, tienes razón... Ven, papito lindo, ay, ay, que te quiero completito esta noche... Mira que me quito todo y me quedo en tanguita nomás, así como te gusta... No te molestes... Perdóname, pero no sabía lo que estaba diciendo. Pura bobada digo. No me hagas caso... ¿Te gusta lo que ves? Mi piel canela, lisa, suavecita, sin una sola marca de gordura. ¿Viste? No hay una arruga, ni un triste gramo de celulitis en tu Damaris. Soy toda tuya, mi negrito guapo... —lo invité mientras me desvestía y le hacía un espectáculo de *striptease* para lograr que olvidara lo ofendido que se sentía conmigo y, sobre todo, para desarmarlo con mi sensualidad y borrarle la necesidad de darme una paliza para que yo recordara quién mandaba en nuestra casa.

Dormimos tranquilos esa noche y la noche siguiente. Nunca más le volví a preguntar qué pensaba

hacer. Prefería buscar un segundo trabajo que inco-
modar a Javerche Espinal. ¿Total? Que le preguntara
o no carecía de importancia; Javi haría lo que quisiera, cuando y como quisiera. Hablarle, faltarle el respeto como dice él, solamente tornaría todo peor para
mí.

Soila me daba una de esas miraditas preguntonas
cada mañana cuando salía y cada tarde cuando re-
gresaba. Me inquietaba que los vecinos se hubiesen
percatado de que ahora yo era la única que se vestía
para ir a trabajar y cumplir un horario. A Javi no lo
veían porque él se quedaba en la casa, encerrado, sin
salir siquiera al jardín, a oler las flores, y a recibir vi-
tamina D gratuita, que es el regalo que nos hace un
día soleado y que es tan importante para todos, pero
especialmente para aquellos que sufren de los nervios y otras enfermedades del alma.

Javi parecía estar tomándose la noticia de su pérdida de empleo estoicamente, aceptando lo sucedido
como un acto de la naturaleza corporativa que se encontraba totalmente fuera de su control, y, por tanto,
no se culpaba en lo absoluto.

No tuvimos repetición de la primera ni de la segunda noche, lo cual me hizo adivinar que pronto
todo volvería a la normalidad y que, sin pedírselo, mi
marido empezaría a aburrirse de estar en la casa y
buscaría qué hacer.

Pero a la cuarta noche Javi empezó con la lloradera. Eran como las tres de la mañana. Lo sé porque miré el reloj sobre la mesa de noche, a mi lado de la cama. A mí todavía me quedaban un par de horas antes de tener que levantarme, cuando lo sentí moquear, quedito, a mi costado. Era un ruidito bajito que se repetía cada veinte segundos, cuando él sentía la necesidad de aspirar para arriba los mocos que le estaban empezando a caer sobre los labios. Yo estaba acostada de espaldas a él, de modo que no le hice caso, o no me sentí obligada a hacerle caso, apreté los ojos y continué durmiendo hasta que sonó la alarma a las cinco de la mañana.

No hablamos en lo absoluto del tema cuando regresé después de las seis de la tarde. Soila me había detenido a unos pasos de la casa para preguntarme qué era de la vida de mi marido, y lo cierto es que me sentía ofuscada cuando por fin pude cerrar la puerta detrás de mí luego de ese interrogatorio. ¿Qué se creía la Soila?, ¿pensaba que tenía el derecho de inquirirme así acerca de mi vida privada? Ni que fuéramos amigas o qué... Ni más le volvía a pedir nada... Ni más le hablaba, que lo único que hacía era ponerme mal.

Preparé la cena en silencio. Javerche y yo comimos casi sin masticar, ambos de pie, cerca de la mesa, deprisa, para darle vuelta a ese ritual que se había convertido en una estancia incómoda y poder pasar a ver la tele, cambiarnos para meternos en la cama, irnos a dormir con el tradicional «buenas noches», dicho por pura costumbre.

Era la quinta noche desde su despido cuando lo escuché sollozar. Javi trataba de acallar el ruido con la almohada, pero estaba haciendo un pésimo trabajo. Intenté ignorarlo la primera vez que me despertó, a las 3:33 de la madrugada. Me pregunté si debía decirle algo cuando me despertó de nuevo a las 4:44. Me dije que en lugar de hacerlo sentir mal, mejor aprovechaba para completar mis siete horas de sueño antes de que sonara la alarma. Después de todo, era yo la que necesitaba estar descansada para poder ir a trabajar al día siguiente, me expliqué, dándome una excusa para no intervenir.

A la sexta noche, los sollozos se tornaron en agudos berridos. Por más que hubiese querido, no podía ignorar el guirigay que Javerche estaba generando en nuestra habitación. Estaba segura de que deseaba que le dijera algo. Pero, ¿qué?... ¿Qué le dices a un hombre adulto, a un hombre macho que siempre se ha valido por sí mismo, que se ha puesto a llorar como un niño desconsolado al amanecer? El escándalo no lograba que me apiadara de él, sino que, más bien, provocaba en mí un resentimiento intenso por la interrupción a mi sueño, de mi momento de respiro de la batahola diaria. Sabiendo que no se dormiría hasta que le expresara algo, me animé por fin a tocarle la espalda. Suavemente pasé mis dedos por su columna vertebral. Sentí sus huesos puntiagudos saliéndose un poco del espacio donde deberían haber estado cómodamente acostados, camuflados casi, en una camita de grasa y músculos. Subí mi mano hasta su nuca y empecé a acariciarlo, clavando levemente mis uñas dentro de los resquicios donde se juntaban sus huesos, sus nervios y sus músculos. Me apresuré a estimular los puntos donde sabía que provocaría una buena reacción. Javi bajó el volumen de su llanto. Nunca se dio la vuelta para mirarme o decirme qué le sucedía. Estaba demasiado avergonzado para expresar nada.

Treinta minutos después, mi fabuloso masaje había logrado domar el ataque de llantina de mi esposo y los dos nos sentíamos agradecidos por poder continuar con nuestros respectivos sueños. Unos cuantos minutos más en mi caso, me imagino que horas adicionales en el suyo.

◈◈◈

Javerche Espinal no era muy inteligente, pero tenía a su favor su escultural físico; el hombre era sumamente atractivo. Tal vez no tanto en esa semana en que de pronto bajó de peso y se veía demacrado y ojeroso, pero el resto del tiempo que estuvimos juntos sí era de los que se hacían sentir cuando entraban a cualquier lugar, de los que las mujeres volteaban a mirar descaradamente, deseando secretamente que yo me desplomase muerta en ese instante para poder agarrárselo para sí mismas.

Mi Javi no era inteligente, pero estaba tremendamente orgulloso de su trabajo de portero en un hotel muy famoso, vestido siempre con saco y corbata, sin importar si el calor lo estaba cocinando, siempre con una sonrisa deslumbrante pegada a su cara seductora. Un rostro tan guapo que hasta los artistas de cine que llegaban de incógnito a pasar unos días de reposo en la isla se lo quedaban mirando cuando los saludaba al entrar o salir del hotel. Famosos como el Brad Pitt se inventaban preguntas, cuyas respuestas sabían, con la obvia coartada de acercarse al hechizo dominicano que era mi marido.

Javerche no era inteligente, pero sí era hermoso. Era el bruto que yo adoraba, el que cuando estaba de buenas me hacía reír con sus ocurrencias y sus cuentos de los actores, las actrices, los directores de cine y los cantantes, detallando para mí lo que comían, lo que pedían que les enviaran a sus habitaciones, las preguntas que hacían acerca de los moradores de la isla y cómo se aprovechaban de la ingenuidad de nuestra gente. Me llevaba a un mundo de fantasías cuando me contaba las historias de los admiradores que intentaban colarse por la puerta de atrás para conocer a aquellos que llenaban sus sueños de ilusiones.

Javerche no era inteligente, pero era mi bombón dominicano, y eso era lo que me tenía amarrada a su cama.

Las llantinas, los gemidos, los berridos, los aullidos y las pataletas nocturnas de Javi continuaron por una semana entera. Nunca dijo nada. Nunca explicó nada. El motivo de su despido se convirtió en el misterio de aquella quincena. Lo incuestionable fue que yo me acostumbré a verlo así, como el fantasma de su verdadero ser. No fue hasta que llegó el momento de pagar las cuentas que mi actitud indulgente cambió. Y es que no me interesaba tanto conocer por qué había perdido su trabajo, lo que yo quería saber era cuándo se reincorporaría al mundo de los que trabajábamos y empezaría a ayudar trayendo dinero.

Algo más sabrá hacer. O habrá otro hotel que lo quiera contratar. Tal vez no con famosos que le den en propinas más de lo que gana con su salario... pero aunque sea podría buscarse un sueldito que nos ayude a parar la olla de nuevo, me decía a mí misma. Pero no me atrevía a encararlo a él.

Pasaron cinco días más. Javerche por fin me tenía noticias cuando regresé a casa después de las seis ese viernes. Estaba agotada por los días de trabajo y las noches insomnes. Exhausta de los momentos en que estábamos juntos, pero era como si no lo estuviéramos, como si una muralla invisible nos impidiera la comunicación abierta. Extrañaba a mi marido. Extrañaba estar juntos los fines de semana sin más nada que hacer que hacernos el amor. ¡La parrilla no había sido encendida en tanto tiempo!

Me sorprendí ese viernes cuando ingresé a un hogar que estaba debidamente limpio, ordenado y fragante, con olor a rosas de Bayahibe. Javi me esperaba con una botella de buen vino y dos copas de cristal. No le hice ninguna pregunta. No quise arruinar el momento con cuestionamientos inútiles que le recordaran su situación y solamente lo harían sentir ira, una ira que terminaría por descargar sobre mí.

Lo dejé atenderme, lo dejé servirme sensualmente el vino mientras me miraba con esos ojos que me hacían estremecer en todo el cuerpo. A la segunda copa ya le había perdonado todo aquello que hubiese por perdonar y empecé a imaginármelo todo mío por las próximas cincuenta horas. Relamiéndome, caí en el delicioso pensamiento de que acaso tendría ciertas ventajas el hecho de que Javi no tuviese que presentarse en el hotel todos los días para trabajar. Tal vez lo podría alentar a que hiciera ejercicio, que recuperara su cuerpo y simplemente se dedicara a hacerme feliz todas las noches. *Sería genial. Él estaría de buen humor y dejaría de preocuparse por el empleo. Yo estaría cansada por tener que trabajar para los dos, pero mejoraría tanto mi situación en el hogar*, pensé, y sonreí por primera vez en mucho tiempo.

—Me encanta cuando sonríes. Me devuelves el alma al cuerpo —dijo, pasándome el brazo por la cintura—. Has sido paciente conmigo y ahora me toca a mí cuidarte.

—Lo hice con gusto —contesté, desabrochándole la camisa de la pijama que llevó puesta como uniforme por más de veintiún días. El olor rancio de sudor que emanaba de su cuerpo me atarantó por un instante, pero no fue suficiente para disuadirme o frenar mis impulsos.

Me puse a jugar con él cordón de su pantalón. Él me seguía con la mirada, inquieto, pero sin decidir si quería lanzarse a retozar conmigo o no. Me pareció raro que titubeara, pues nunca le había tenido que ofrecer dos veces que beba de mi manantial.

—He estado pensando —explicó, alejándose de mis jugueteos.

¿Pensando? Ya vienen los problemas, me dije, mientras trataba de jalarlo hacia mí tirando desde el elástico en la cintura. *Mientras menos pienses, mejor, chico. Tú no debes pensar.*

—He estado pensando en un negocio que podríamos hacer. Sería algo natural para nosotros. Yo sé que te gustaría... —continuó, pasando sus dedos por mi vientre.

—¿Tanto como lo que estoy por hacerte? —contesté, bajándole de a poquitos los pantalones.

—¿Ves? Eres una natural para esto... —dijo, abriendo lentamente mi blusa.

—¿De qué hablas, negrito? —murmuré, cerrando los ojos con deleite.

—¿De qué hablas tú? ¿No estás acaso hablando de acostarnos?

—Sí...

—¿Y no que acaso me estás deseando y estás pensando cosas cochinas en tu mente mientras con tu boca dices tonterías que ni siquiera estás pensando en lo que dices?

—No lo sé...

—Yo te conozco. Yo conozco a todas las mujeres como tú. Dicen una cosa con la boquita, pero mientras tanto están imaginando todas las cosas que realmente quieren hacer pero no se atreven a decir —contestó levantándose.

—Ahora te estás poniendo majadero...—dije, abriendo los ojos y acomodándome la ropa. Definitivamente no iba a ser el tipo de noche con la que fantaseé en esos efímeros momentos de sensualidad robada.

—Es que no me escuchas. No quieres saber lo que he pensado.

—¿Por qué no me ilustras de una buena vez?

—Damaris... lo que he pensado te va a sonar raro al comienzo... ¿Me entiendes? Pero he consultado con uno de mis compadres y es buena plata... buena, buena plata. Y necesitamos, Damaris, nos urge un dinerito para costear todas estas frivolidades...

—¿Ahora la comida en tu plato y el techo sobre tu cabeza son superficiales? —contesté sintiéndome crispada por su comentario.

Javi se detuvo en seco. Su mirada cambio. Los juegos terminaron en ese instante. Me enfrentaba a un escenario donde tendría que escoger muy cuidadosamente lo que diría o haría.

—¡Me vas a escuchar ahora mismo y vas a dejar de burlarte, que lo que te quiero decir es importante! —gritó, dando vueltas con impaciencia en el mismo metro cuadrado entre la cocina y la sala.

Asentí. Empecé a sentir que me estremecía, esta vez de pavor.

Javi se agachó y sacó un maletín, que no reconocí, de debajo del sofá.

—¿Sabes lo que es esto? ¿Sabes para qué sirve? —preguntó, abriendo la maleta para mostrar una variedad de penes de plástico y otros artefactos para la satisfacción sexual.

Yo estaba muda, temblando de solo pensar en contestarle, mientras trataba de entender por qué mi marido trajo a casa una maleta llena de juguetes eróticos. Frente a mí tenía todo un despliegue de vibradores, cremas, lociones, pociones, bolas chinas, consoladores de dos extremos y otras cosas que ni reconocí, como un patito amarillo, de esos de bañera, que no supe si era broma o si era parte de aquella manifestación visual de circo de a medio peso que me decía a voz en cuello que Javi había perdido la cabeza.

—Tócalos. No seas tímida... Quiero que los sientas en tus manos, que los pruebes, a ver cuáles te gustan más... —dijo con un tonito empalagoso que me asqueó.

Al ver que no me movía, Javi colocó a la fuerza uno de esos aparatos en mis manos. Luego, con sus dos manotas encima de las mías, lo encendió para hacerme sentir la vibración de esa imitación de miembro masculino. Traté de apagarlo con la punta de mi dedo meñique, pero él no me dejó y más bien me obligó a bajar las manos hasta sentir el pene de mentira fogueándose encima de mi pantalón. Javi disfrutaba del control. Lo dejé terminar con su manoseo antes de atreverme a decir nada.

—Javi... no entiendo... ¿Qué tiene esto que ver con trabajo?

—¡Esto será de ahora en adelante mi trabajo! —dijo sin mostrar una sola señal de que el tema le fuese de alguna manera perturbador.

❧❧

Durante el fin de semana, Javi por fin me dijo por qué perdió su puesto en el hotel. Resulta que una de esas señoritas, una artista de teatro que llegó a pasar unas semanas en la isla y se alojó en el hotel, le puso los ojos a mi marido. Dice que lo buscaba cuando salía para la playa, que le mostraba partes de su cuerpo cuando se lo cruzaba en el pasadizo, que le hacía caritas mimosas cuando le abría la puerta. Mi Javi dijo que ni le hacía caso porque estaba acostumbrado a que las extranjeras se le regalasen así, sin temor ni horror por las repercusiones de su conducta, tan fuera de las barreras de sus propias normas.

«Total, que de vacaciones todas esas pierden la vergüenza y hacen de todo. Y luego, cuando por fin regresan a sus casitas, se vuelven de nuevo todas remilgadas, van a la iglesia, se dicen espirituales y caritativas, son las que más alzan la voz en protesta contra la sexualidad de otros. Esas, las que más se hacen las pudorosas, las que más se asquean en sus países... esas son las peores cuando vienen aquí. Creo que el calor y la abundancia de trago las hacen perder la cabeza. Como que regresan a lo que les produce placer de manera instintiva, en lugar de seguir los cánones sociales», me dijo el Javi para explicarme por qué la misma gente puede ser tan diferente cuando sale de su país. «Las vacaciones son el permiso perfecto para liberarse, sobre todo si es grupo de mujeres solas... Uf, esas son las peores».

El punto es que una de esas actrices, o aspirante a estrella debe haber sido porque su nombre no se me hizo conocido, después de estar jugando al topao con Javerche por dos o tres semanas, un día se destapó del todo y, en lugar de hacerle ojitos, como de costumbre, al pasar junto a él en la puerta del hotel, más bien se acercó hasta que Javi pudiera sentir sus senos cerca de su pecho y sus labios carnosos rozando su mentón, y le puso un papelito en el bolsillo del saco.

Javi abrió la nota. El mensaje decía: «238 - 4:30 p.m. - $1,000». La misiva estaba firmada con un beso en lápiz de labios color rosa fucsia. De hecho, hasta el papel olía a algún perfume que llevaba el olor de la flor de fucsia. Mi marido no sabía de qué marca, y yo tampoco reconocí la fragancia cuando me entregó el escrito para que yo emitiera mi opinión al respecto, mientras me detallaba lo sucedido. A la flor de fucsia también se le conoce como 'pendientes de la reina', lo que se me hizo bastante apropiado, ya que esta boba debía creerse la reina para ofrecerse de esa manera.

Mil dólares por una tarde de satisfacción sexual era mucho dinero para nosotros. Y siendo un machista de primera, Javi no pensó que lo estaban comprando, como quien compra chocolates o cualquier cosa que le provoque, sino más bien se sintió dichoso de que alguien le pagaría por hacer algo que él haría gustoso de gratis.

El hecho es que a las cuatro y treinta de la tarde, en punto, mi esposo se presentó en la habitación 238. La mujer le abrió la puerta, sonriente y con muy poca vestimenta. Según Javi, tenía puesta solamente la parte de abajo del biquini, un collar de perlas de un tono cobrizo en doble vuelta, que le iba muy bien con su tanga blanca y su piel tostada, y un sombrero... lo único que en lugar de utilizar el común de paja y ala ancha, como los que se usan para ir a la playa, el que ella llevaba puesto era más parecido a una fedora, como esos que se ponían los mafiosos allá por la década 1920, detalle que la hacía aparecer más dominatrix, pues acentuaba el lado masculino, imponente y dictador de su personalidad.

Javi me dijo que la mujerzuela aquella se llamaba Amy Scott.

¿En serio?, me pregunté al escucharlo. *Ese no parece nombre de alguien, sino un alias que te inventas cuando no quieres dar a conocer tu verdadero nombre*, me dije con una media sonrisa, pues incluso cuando sabía que mi esposo estaba a punto de contarme una historia de traición, su manera de hacerlo lo pintaba extremadamente ingenuo.

Amy era una aspirante a actriz de teatro. Decía que era mejor empezar la carrera en un estrado, donde tenías que darte por entero todas las noches, que saltar de frente a la pantalla grande o chica, pues estos medios no le habrían permitido entablar una relación directa, comulgar (*¿o sería copular?*), con el público todas las noches.

La señorita Scott era una sabida en la cama. Utilizó a Javi por unas cuantas horas, ordenándole lo que quería, dónde y cómo. Pasadas las seis, le dijo que se tenían que tomar un descansito y que llamaría para que les trajeran a la habitación unos bocadillos y unas bebidas. Javi la vio marcar cuando se dirigía al baño, y la escuchó en el teléfono mientras se duchaba. Como la conversación fue en inglés, no me supo decir a ciencia cierta si lo que ella había hecho era ordenar la comida o qué.

De un momento a otro, la chica se levantó y se vistió. Lo raro fue que no se puso toda la ropa, pues no usó brasier y se dejó la blusa completamente abierta. A Javi le pareció extraño, pero no dijo nada. Como para seguirle la corriente, él se puso la ropa interior, el pantalón y las medias, pero no la camisa ni la corbata ni el saco ni, menos, los zapatos.

Como ella solamente hablaba inglés y él no dominaba ese idioma, se sentaron al borde de la cama en silencio. Javi quería que le pagara de una vez, de modo que pudiera irse porque se le estaba haciendo tarde para llegar a casa a tiempo para la cena, pero no sabía cómo decir todo lo que quería explicar en aquel idioma, así que esperó pacientemente el siguiente movimiento de ella.

Tocaron la puerta y ella se levantó corriendo a abrir. Recién ahí Javi se percató de que la cara le había cambiado plenamente. Perdió esa sonrisa vivaracha que chocaba con sus ojos de comandante autoritario y sabelotodo, transformándose en la de un animal herido, con el cabello revuelto, el maquillaje fuera de sitio, los labios inclinados hacia abajo, intensamente apenados. Antes de abrir, le pegó un tirón al collar y las perlas cayeron por toda la habitación.

¿Qué habría sucedido?, se preguntó Javi, acerca de quien ya expliqué: no era ninguna lumbrera.

Un hombre, un gringo, ingresó en la habitación. Empezó a gritarle en inglés a la muchacha. Ella lloraba, denunciando con las manos a mi marido. El hombre se detuvo en seco, midió sus fuerzas, y arremetió contra Javerche Espinal, sin siquiera darle una explicación que él pudiera entender. Los dos se dieron de trompones durante un buen rato, hasta que el personal de seguridad del hotel llegó y los separó.

La chica acusó a Javi de violarla. Sus jefes decidieron darle la razón a ella y la puñalada en la espalda a Javi. Su primera experiencia como puto finalizó sin siquiera recibir los mil dólares de recompensa que la tal Amy Scott, si ese era su verdadero nombre, le ofreció.

Los extranjeros se fueron del hotel sin que el incidente terminara en la comisaría, o peor, en un tribunal. Y por eso di las gracias. Tampoco le recriminé a mi marido cuando terminó de contarme. A pesar de que técnicamente tuvo relaciones sexuales con otra mujer, su intención no fue herirme. Sin embargo, yo creo que lo que sucedió esa tarde abrió la puerta a un mundo que desconocíamos, un mundo de dinero fácil, donde entrar era tan sencillo como romper con todos los valores con los que te criaron, cambiar las reglas, torcerlas, doblegarlas, reescribirlas hasta que estuvieran a tu favor… O, simplemente, ignorarlas. La cosa es así: si no logras dominar el mundo y sus normas, invéntate un mundo paralelo, alterno, meticulosamente situado en la frontera entre ambos, donde tú seas el monarca, donde se haga lo que tú digas, como y cuando tú quieras.

Fue a ese límite que fuimos a parar Javi y yo. Él, por su propia vehemencia, por su vanidad descubierta, por ese estado alternativo que le daría los frutos que él quería para sí. Yo, por creer que de alguna manera, en algún momento, lo podría traer de regreso conmigo al mundo de los cuerdos.

No niego que sentí compasión por Javi, por el enredo en que se metió por querer traer todo ese dinero a casa. Dinero fácil, como dije, porque él no creía haberse prostituido ni tener culpa o responsabilidad alguna. Él vio una oportunidad y la tomó. Él hizo lo que yo siempre le decía que haga: «Cuando veas una oportunidad, no dejes que se pase, tómala, no permitas que otro coseche los frutos de lo que se te presentó a ti primero».

En esa época Javerche todavía no era malo. Solamente había abierto una puerta a un mundo alterno, en donde cualquier cosa era aceptable, y no tenía que tomarse la molestia de cuestionar primero las posibles repercusiones.

❧

Durante las semanas que siguieron, Javi se dedicó a la venta de sus juguetes eróticos. Mercachifle de placer, se lo podía encontrar rondando los hoteles, los clubes nocturnos, los lugares que frecuentaban los turistas. Él sabía que cuando esos pedantes venían de visita al paraíso, siempre querían el paquete de lujo y eso era lo que él vendía: el complemento perfecto para las vacaciones en el edén, nirvana sexual, el gustito que toda pareja necesita cuando quiere tocar las puertas del éxtasis celestial. Mi marido se conocía a todos los porteros de los mejores lugares de la isla, así que se le hizo muy sencillo encontrar acceso a los ricachones y sus deseos activados por el cómodo anonimato que les permitía hacer fuera de su país lo que nunca harían en el suyo.

Yo, con toda sinceridad, pensé que esta nueva aventura no duraría más de una semana, que al ver que nadie daba cabida a lo que él tenía para ofrecer, dejaría todo aquel asunto de lado y buscaría un trabajo común y corriente. Me equivoqué. No supe evaluar el mercado. Nunca consideré que todos los que vienen a visitarnos llegan aquí con solo una cosa en mente: sexo libre.

Así que los cálculos me fallaron. Ahora la que se tenía que hacer la de la vista gorda era yo.

Pasaron más de dos meses y parecía que ya nos habíamos acostumbrado a las novedades de los juguetes eróticos de Javi. Él me pedía de vez en cuando que probara algún aparato nuevo, pero esa era toda mi participación en su negocio. Lo que sí debo decir es que le estaba yendo muy bien. Sus ingresos se habían triplicado. El dinero, o más bien su falta, ya no era tema en nuestro hogar.

Una tarde de sábado, en lugar de cocinar al asador, como nos tocaba, Javi me pidió que lo acompañara a nuestra habitación. Dijo que tenía una sorpresa para mí.

Al entrar pude ver que había ordenado y limpiado, la cama estaba hecha y unas velas encendidas le daban a la habitación un resplandor invitador y un aroma como de fresas.

—Desnúdate —me ordenó.

Observé un brillo extraño en sus ojos. Era algo que no veía desde hacía tiempo, esa manera como él se ponía cuando quería tener el control total sobre mi cuerpo y mi mente.

No estaba de humor para sus juegos. Caminé hacia la puerta de la habitación. Javi me detuvo y de un jalón me atrajo hacia sí y luego me tiró en la cama.

—Desnúdate —exigió, colocando sus brazos a los dos lados de mi cuerpo para no dejarme escapar.

—Javi, mi amor, ¿qué tal si lo dejamos para otro día? No me provoca, estoy muy cansada y tengo tantos quehaceres en la casa…—recité la letanía habitual para esos casos.

—¡Lo haces ahora o lo hago por ti! —contestó, jalándome para sentarme en la cama.

Yo sabía lo que significaba aquello. Sin más salida, empecé a quitarme la ropa. Lo vi sonreír. Él no se quitó nada. *Tal vez lo deja aquí nomás,* pensé, al darme cuenta de que yo ya me había despojado de todas mis prendas y él seguía vestido.

—Échate y cierra los ojos. Te tengo una sorpresa —dijo, agachándose para sacar algo de debajo de la cama.

Seguí sus instrucciones sin objetar. Me tendí sobre el cubrecama y cerré los ojos.

Sentí que me colocaba una venda sobre los ojos. Intenté levantarme, sacarme el pañuelo oscuro que había utilizado y que ahora me bloqueaba toda la vista.

—Shhh… No te muevas. Te prometo que te va a gustar. Lo he estado planeando especialmente para ti —dijo mientras me agarraba las manos y se sentaba sobre mi pecho.

Sentí que me ataba las manos con un cordel y que luego lo sujetaba en las patas de la cama. Pensé decir algo, rogarle que no siguiera, pero me cortó el pensamiento colocando un trapo sobre mi boca para silenciarme. Luego sentí su peso abandonarme y bajarse de nuestro lecho.

Pasó un rato, unos minutos que parecieron una eternidad, y por fin lo sentí subiéndose nuevamente a la cama. Empezó a jugar con mis pezones, haciendo círculos desde uno chiquito hasta otro más grande. No decía nada. Ni siquiera podía sentir su respiración o su aliento. Había perdido mi sentido de dirección, no sabía dónde estaba él ni dónde estaba yo. Sentí que sus manos bajaron hasta mi pubis. Se detuvo un rato ahí. Luego empezó con la lengua. La sentía un poco rara, como que la estaba poniendo en mejores posiciones que en el pasado. Sentí que mi clítoris se estaba levantando, que me estaba excitando. No quería darle el gusto, pero no podía evitarlo.

Como si me estuviera leyendo la mente, dijo:

—Todavía no. Tienes que esperar mis órdenes.

Me puso boca abajo y sentí la penetración por el culo. Su pene estaba flácido. Me pareció raro. A pesar de todo lo que había hecho, nada le estaba causando una erección. Continuó dándome por atrás. Por fin empecé a sentir que su miembro se ponía más sólido. *Acaso acabemos pronto*, pensé. Me volteó nuevamente a la posición original, boca arriba. Sentí que se montaba sobre mi barriga, colocaba su pene en mi vagina y empezaba de nuevo a arremeter. Sentí sus manos de nuevo sobre mis senos. *¿Estoy soñando o sus manos* *son más delgadas, sus dedos más finos?*, me pregunté. De pronto percibí el roce de unos cabellos sobre mi rostro, eran cabellos largos. Un olor a colonia invadió mi respiración al tiempo que unos labios que no eran los de mi marido empezaron a besarme. El orgasmo irrumpió al mismo instante en que me di cuenta de lo que estaba sucediendo. Estaba furiosa. El pene dentro de mí de pronto empezó a vibrar. Un segundo orgasmo y una segunda ola de cólera y desconcierto. Me pregunté: *¿Por qué habría querido Javi que lo hiciera con una mujer?* Lo sentí treparse a la cama. Lo escuché murmurar algo a los oídos de esa desconocida.

—¡Hazlo! ¡Hazlo! —gritó ella, mientras seguía moviéndose encima de mí.

El sonido de otro aparato causándole placer a ambos encubrió mis gritos.

❧

Nunca lo discutimos. Ni siquiera conversamos sobre el tema. Yo no dije nada. Javi asumió que esa escapada de a tres me gustó. Yo estaba disgustada conmigo misma por no haberle dicho nada y al mismo tiempo confundida porque algo así, tan desagradable, me hubiese causado tanto placer.

Aquella noche con esa mujer, yo me dormí en el sillón de la sala mientras Javi y ella se despachaban mutuamente. Podía escuchar los aullidos orgásmicos desde donde estaba. En algún momento pensé en regresar a mi habitación, en participar de aquello, incluso llegué hasta la puerta, pero me asqueé de mis propios pensamientos y regresé al sofá. En la mañana ella se fue temprano y Javerche se pasó el resto del día domingo caminando muy erguido, muy jactancioso, como si fuera el dueño del mundo.

Pensé que se trató de una canita al aire, algo que no volvería a suceder. Como buena esposa que quería ser, me dije que no valía la pena discutirle su fantasía. Que ya lo hizo y punto. Hoy me enojo pensando que debí haber dicho algo en ese instante, que debí haber tenido la valentía de detener aquel desastre formándose en mi alcoba.

✍❧

Javi invitó para la parrillada del siguiente sábado a su compadre Edelmiro, el mismo que lo incitó a vender los juguetes sexuales. La pasamos muy rico, comimos una carne deliciosa y nos tomamos ni sé cuántas botellas de vino tinto. El calor estaba fuerte esa noche en el patio donde cocinamos al aire libre. Bebimos muchísimo más de lo que debíamos.

Era casi la medianoche cuando me levanté para llevar los platos sucios a la cocina. Edelmiro se ofreció a ayudarme a lavar y ordenar. Javi se quedó apagando el fuego y guardando los implementos de la parrilla.

Edelmiro y yo empezamos nuestra tarea con los trastos. Yo enjabonaba y restregaba, y él enjuagaba. Nos dedicamos a eso por un buen rato. Me sentía mareada y picadita y no me opuse cuando el compadre se acercó para besarme en la boca. Su lengua gorda y borrachita me causaba deseos. Lo sentí tocarme los senos por encima de la blusa y no dije nada. Pensé que, en todo caso, sería una venganza justa por lo que Javi me hizo la semana anterior. Recuerdo haber pensado:*¿Dónde estará Javi a todo esto?* Se me hacía tan inaudito que yo estuviera en la cocina besuqueándome con su mejor amigo y que él no estuviera ahí, dándole al menos una trompada por desgraciado y aprovechador. Edelmiro metió la mano dentro de mi blusa y empezó el trajín exploratorio en busca de los pezones erguidos, señal segura de que la conquista iba por buen camino. Puso la otra mano encima de mi faldita y empezó a jalar hacia arriba, hasta encontrar la piel de mi muslo. No sé cómo sucedió, pero en un momento ya no estábamos en la cocina sino en el sofá de la sala, Edelmiro metiendo sus manos por todos lados, besándome fuerte en la boca. Me sentí excitada y pasé el límite de las virtudes. Todavía me extrañaba que Javi no diera señales de vida, pero ya no me importaba, Edelmiro ya estaba metiendo la mano por dentro de mi panti, sobándome para ver mi reacción. Cerré los ojos para disfrutar con intensidad. Maullé de goce. Él me empezó a frotar con más ganas, metió la lengua entre sus de-

dos para unirse a la comparsa del deleite de Damaris.
Me forzó hacia la alfombra, me puso en cuatro patas,
se bajó la bragueta y puso su miembro dentro de mi
boca. No me negué. Estaba lo suficientemente embriagada como para querer hacer eso con otro hombre. A los pocos minutos sentí que mi falda se levantaba, que la panti bajaba y que alguien me penetraba
por atrás.

—¡Qué rica esta negrita que se deja hacer por todos lados! —dijo Javi, arremetiendo con tanta fuerza
que casi me hizo vomitar encima del compadre.

❧

Al día siguiente no tenía cara para mirar a mi
marido. No que lo sucedido la noche anterior hubiese
sido mi culpa, ni nada por el estilo. Yo sé que ni siquiera fue mi idea. ¿O sí lo fue? Quizás, de alguna
manera inconsciente, le hice saber a Javerche que mis
inclinaciones sexuales eran más desviadas que lo que
me atrevía a decir en voz alta. Recuerdo que él y yo
tuvimos aquella conversación en algunas ocasiones.
Más de una vez elucubramos, nos perdimos en el
muladar ficticio, hablando de aquel tema. Era ese típico diálogo de amantes jóvenes en el que se habla
de gustos y fantasías. Y tal vez, solamente tal vez,
luego de muchos tragos, yo dije algo que le hizo pensar que quería tener relaciones sexuales de aquella
manera. Tal vez, sin saberlo, o sin quererlo admitir,
era yo la que lo aguijoneó a esas cosas, igual que

cuando lo retaba de palabra hasta que se hartaba y me contestaba con las manos. Era mi culpa en esas ocasiones. Yo lo sé. Javi no tenía mucho control sobre sí mismo. Él actuaba siempre impulsivamente, dejándose llevar por la emoción del momento. Y si alguna vez le dije que me llamaba la atención hacerlo con otro, él pensó que esa noche me estaba haciendo un regalo, que me estaba consintiendo.

Lo perdoné de aquella afrenta, tal como le di la absolución semanas antes cuando trajo a escondidas a esa mujer a nuestra cama. No me sentía tan valiente como para encararlo. Él no dijo nada tampoco. Los dos seguimos con nuestras vidas como si los hechos no hubiesen ocurrido. A mí me parece que si no sigues sacando esos trapitos al aire, es muy probable que logres borrarlos de tu mente, o que por lo menos puedas grabar mejores recuerdos sobre aquellos que te hacen sentir tan sucia. Eso fue lo que decidí hacer. Y mi esposo parecía estar tácitamente de acuerdo conmigo. El único problema fue que yo no quise ni tocarlo desde entonces. Ni siquiera quería tenerlo cerca de mí.

❧❧

Una tarde, un par de semanas después del incidente con el compadre, Javi me dio unos cuantos pesos extra y me pidió que me fuese a comprar un vestido de verano, de esos con tela floreada, minifalda, aunque no tan mini, y sin tirantes. También me dijo que buscara unas sandalias de tacones altos, tipo aguja, que hicieran juego con el vestido.

—Tómate tu tiempo y busca lo más *sexy* que encuentres. Voy a hacer unas reparaciones en nuestra habitación. ¡Verás el espejo tan bonito que voy a instalar! —explicó, llevando unos materiales escondidos debajo de una tela de yute a nuestra recámara.

—No ensucies mucho, que no quiero regresar a limpiar —fue lo único que atiné a contestar mientras me preguntaba qué maquinaba ese hombre mío que ya me empezaba a parecer un gusano asqueroso, una babosa de jardín.

Regresé con el vestido y las sandalias puestas, tal como él me ordenó antes de salir. La casa estaba a oscuras. Empecé a sentirme nauseabunda con solo pensar que Javi tramaba algo nuevo. Escuché ruidos en la habitación. Me acerqué hasta la puerta, procurando no topar el piso con los tacones. Desde donde estaba podía ver reflejada en la pared del pasadizo la luz vacilante de una vela encendida en el baño. Unos brazos de hombre me emboscaron a la altura del vano de mi habitación, me tomaron por la cintura desde atrás, apretando fuerte el talle para que no pudiera escapar.

—Aquí estás, mi mulata linda. Te he estado esperando un buen rato. Javi arregló nuestra cita, mi dulce querida. No te preocupes por nada, que ya está todo pagado y organizado —declaró con voz melosa, oprimiendo su cuerpo sobre el mío, restregándose encima de mi vestido nuevo.

Antes de que yo pudiese decir nada, o defenderme contra ese intruso, él ya me había puesto una venda sobre los ojos y la mano inmensa, atiborrada de callos de hombre, propia de obrero de fábrica o de peón de construcción, sobre la boca, pasando sus dedos, que olían a aserrín, por encima de mis labios, marcando su territorio alquilado. Traté de zafarme. Él parecía entretenido con la pelea que le daba. Mañoso como ninguno, mientras más me defendía, más gozaba él, moviendo sus manos junto conmigo a través de mi cuerpo, hasta que no hubo centímetro de mi piel que no hubiera tocado sin siquiera haber empezado oficialmente lo que había venido a hacer en mi casa.

Riéndose como si aquello fuera un juego y el forcejeo de oposición fuera parte de la actuación que él esperaba, me levantó en vilo y me cargó hasta la cama. Cuando me tiró sobre el colchón, soltándome momentáneamente, vi que tenía unos segundos para huir, para tratar de correr hacia la puerta. Intenté incorporarme. Con un solo dedo este hombre, que imaginé una fortaleza, una cárcel inexpugnable, me puso de nuevo en mi sitio.

No quería darme por vencida, no quería someterme a aquella vejación, pero no encontraba una manera de escapar de aquel aprieto, de aquella venta de mi cuerpo pactada por mi esposo sin pedir mi aprobación.

El hombre empezó a juguetear con el vestido, describiendo cada sección, tocando cada pedacito de tela como si fuera diferente de la anterior, pasando su manota tosca por encima y por debajo, por adentro y por detrás, manoseando, diciéndome lo mucho que le agradaba que yo me hubiese vestido tan invitadora para él, babeando por el deleite creado por la espera de resistir un poquito más, por jugar conmigo, con mi cuerpo, con mi mente, ahora a la expectativa del desenlace fatal.

Luego se dedicó un rato a los zapatos. Primero tocando el cuero por fuera, haciendo comentarios sobre los tacones, sobre lo linda que se me veía con ellos, tan alta, tan estilizada me decía, mientras me hacía cosquillas en la planta del pie, tomando mi risa como señal de mi consentimiento, de mi alegría y aprobación por su presencia.

Cuando se cansó de estar conmigo por encimita, me sacó el vestido a tirones, la tanga la disfrutó con lentitud casi solemne, y me dejó puestas las sandalias y el brasier... hasta el día de hoy no entiendo por qué... algún fetiche, me imagino.

En ningún momento dejé de intentar escapar de esa situación. Pero el hombre era definitivamente mucho más fuerte que yo y al final lo único que me quedó fue sucumbir y, calladita, dejarlo arrasar. Quise por lo menos salir de mi cuerpo, no estar de alma presente. Lo lograba por segundos y luego volvía a sentirlo meciéndose encima de mí, sus carnes no tan fofas, pero sí hediondas, encubiertas con una colonia barata que me provocaba alergia y me hacía estornudar de rato en rato.

Hizo de todo un poco, como gordo goloso en fiesta, probando diferentes posiciones hasta que se sintió hastiado de prolongar el arribo al clímax y por fin se dejó ir.

No dijo nada. No hizo más comentarios acerca de mí. Se acurrucó por un rato a mi lado, acariciando mi pelo, mi rostro. De rato en rato lanzaba un suspiro, un gorjeo de satisfacción.

Yo no dije nada. No quería provocarlo o extender su estadía. Me quedé tendida a su lado, cumpliendo con la cuota final de los servicios ofrecidos por mi marido.

Esperé hasta que lo sentí vestirse y salir de mi hogar para levantarme y saltar a la ducha.

∽჻∾

Debería irme en este instante. Debería agarrar mis cosas, ponerlas en una maleta, o en lo primero que encuentre, así sea un costal de papas, luego desenterrar el dinero que tenemos oculto en el jardín, dizque para emergencias, bueno, esta es una emergencia, e irme, me repetía mientras dejaba que el agua hirviendo corriera por mi espalda, mis brazos, mis senos, mi vientre, mis piernas, los dedos del pie y el cabello, y lavara lo que ese depravado marrano dejó como recuerdo en cada centímetro de mi ser. Pero, al mismo tiempo que me llenaba de valentía, la perdía también casi de inmediato. Javi se estaría volviendo un pervertido, pero era mi malo conocido, y era buena gente cuando no estaba tramando algo siniestro como lo que me acababa de hacer. *Tal vez esta sea su última jugarreta. Ya probó que es mi dueño, que puede hacer lo que quiera conmigo y lo mismo me va a encontrar aquí cuando venga a buscarme, que al cabo no es que tenga adónde irme, no me sobran las opciones ni tengo el dinero para hacer mis sueños realidad*, pensé mientras lloraba debajo del agua.

❧❧

Mi corazón dio un vuelco cuando me desperté con Javerche Espinal abofeteándome en medio de la noche. Me había quedado dormida con esos pensamientos escapistas y exculpatorios. Tenía el cabello todavía mojado. Javi se aprovechó justamente de eso para agarrarme del pelo y tirarme al suelo desde el sofá donde quedé rendida mientras lo esperaba para pedirle cuentas, aunque fuera una explicación acerca de lo ocurrido por su mañosería sádica conmigo.

—Javi: ¿qué? ¿Qué pasa? —grité, tratando de escabullirme gateando sobre la alfombra de la sala.

—¡Eres una puta, un cuero cualquiera, una puta de mierda! —gritó, pateándome hasta hacerme quedar echada en el suelo, boca arriba, de frente a él, que se alistaba a preparar una cachetada.

No sé cómo, pero logré levantarme y correr hacia la cocina. Él me alcanzó antes de que pudiese recoger el cuchillo puntiagudo, el de cortar cerdos, que estaba encima de un secador, cerca del lavatorio de la cocina. Sonriendo maquiavélicamente agarró antes el cuchillo y lo enfiló hacia mí, dando cortes en el aire, cerca de mi cuerpo, deteniéndose a tiempo para no causarme daño físico.

—¿Pensaste que no te iba a pescar, que no me iba a dar cuenta de lo que haces en mi hogar, en mi cama? —aulló, acercándose con el cuchillo.

—Ese hombre dijo que tú le habías pagado. Se forzó sobre mí. No tuve salida —gemí confundida.

Javi me agarró del brazo y me jaloneó hasta sentarme en el sofá de la salita, frente al televisor. Para mi sorpresa, colocó una cinta en el reproductor y se sentó junto a mí. Temblaba de la rabia, enardecido. Yo no sabía qué pensar.

—¿Quién está en ese video? ¿Quién? ¡Contesta! Que te veo bien apachurrada con tu amante —dijo apuntando hacia el televisor con la grabación de los hechos de aquella noche.

No entendía por qué Javi tenía un video. *¿Cuándo lo había grabado? ¿Estaba él ahí cuando ese hombre me violó? ¿Por qué estaba él ahí? Y si fuese así, si estaba fu-*

rioso, *¿por qué no me había rescatado de los garfios de ese asqueroso? ¿De verdad pensaba que yo le estaba siendo infiel?*

Mi marido me puso el cuchillo sobre el vientre y empezó a moverlo de arriba a abajo, demente, maniáticamente, como declarando victoria sobre mí, sobre mi cuerpo. Noté su respiración apresurada, salpicando pedacitos de sudor, de baba, de moco, cada vez que exhalaba. Sigilosamente subí la mirada para observar la suya. Me encontré con sus pupilas dilatadas, sus ojos rojos, abiertos hasta el punto que ya parecía que se iban a salir de sus cuencas y caer sobre mis piernas, justo a tiempo para que el filo aguzado del cuchillo les diera el repase, cegándolos, por fin, a los detalles íntimos que la pantalla seguía mostrando.

Me pregunté si ese sería mi final. Si lo único que esperábamos era a que la grabación se detuviera. Me sentí atrapada. Me dije que lo último que vería en este mundo serían las pruebas irrefutables de algo que había sucedido, que me había sucedido, pero no porque yo lo buscara, como Javi decía, sino por alguna trampa, alguna confusión en el libreto de mi vida. Vería a ese hombre perturbado, encima de mí, en aquella pantalla, y a mi marido, trastornado por los celos, vengándose de aquella que no hizo más nada que quererlo, en las buenas y en las malas, como Dios manda de una pareja casada bajo su bendición. *¿Dónde estaba ese Dios en aquel momento? ¿Realmente era esto lo que prometí ese día en la iglesia?*, me pregunté. Me sentía abandonada. Me preparé para morir con dignidad. Dije mis oraciones y cerré los ojos esperando aquella cuchillada. Recé para que fuese solo una. Recé para que no doliese, para que el alma dejara el cuerpo pronto. Recé para que Dios perdonara a Javi por lo que estaba por hacer.

Sentí que Javi levantaba el cuchillo. Me preparé. Alzaría las manos, rogaría, me escurriría, lo haría perseguirme por toda la casa, me escondería en el baño, en el clóset, en mi cuarto. Me defendería tanto como pudiera, era la reacción natural, pero sabía que al final mi cuerpo inerte, bañado en sangre, sería todo lo que quedaría de mí, la única prueba de que algún día estuve aquí. Recé para no sentir nada después de morir, nada corporal claro está, pues siempre me ha aterrado la idea de la descomposición del cuerpo tras la muerte, volvernos a la tierra no suena tan agradable cuando consideras lo que significa estar tendida en un hueco, como alimento para los gusanos y otros bichos por toda una eternidad. *¿Cómo se supone que puedo resucitar con mi cuerpo glorioso, cuando ya habrán pasado años, décadas, siglos, milenios, desde que fue el plato principal de los formidables comelones, de las pequeñas bestias?*, me pregunté. De pronto, un milagro. Mis oraciones fueron escuchadas. Javi dejó el cuchillo sobre la mesa.

—Eres una puta. Pero eres mi puta. Mañana vienes conmigo a la presentación en el hotel. Hay una convención y necesito tu ayuda… Aparte, creo que estás preparada. Tú convences a cualquier hombre de usar nuestros juguetes… Con una demostración en vivo, claro está… —dijo Javi levantándose y acariciando mi rostro. Su semblante había cambiado, estaba calmado y de nuevo era mi marido querido y querendón.

En silencio apagamos el televisor y las luces, y nos fuimos a dormir.

❧

Estaba demostrado, Javi había perdido la razón. Sí, claro, en el pasado me levantó la mano y me compartió con una mujer desconocida, y con su compadre, pero nunca había mostrado ese lado asesino, ese lado perverso y vil que vi en él esa noche. No le creía que él no supiera lo que sucedió en su propia casa. El hombre dijo que Javi le pagó por adelantado. ¿Y cómo, de no ser así, tenía un video del acto?

Al llegar al hotel al día siguiente, Javi me dijo que solamente tenía que convencer a aquellos comemierdas de comprar. Nada más. Mientras caminábamos hacia la *suite* donde estábamos citados para la presentación me convencí a mí misma de que todo lo pasado era un malentendido, una fantasía mía. Yo era la que estaba haciendo todo más grande de lo que era. *¿Cómo puedo pensar que mi propio esposo me va a maltratar, a prostituir de esa manera?*, me dije antes de llegar a la puerta.

—Se te ve deliciosa, Damaris, bájate un poco las manguitas del vestido para mostrar mejor el pecho —dijo él, arreglándome el traje cortito de lentejuelas mientras me miraba de una manera que no le había conocido antes.

Javi sacó una llave de su bolsillo y abrió la puerta de la habitación de hotel como si fuera el dueño. Recuerdo haber pensado: *¿Habrá estado aquí antes?*

Una mujer vestida con un atractivo traje de cóctel lo recibió con una gran sonrisa y le susurró algo al oído. Él la abrazo y le sobó la espalda desnuda mientras me miraba burlonamente.

Avanzamos hasta la sala. Vi en la barra a dos hombres de mediana edad sirviéndose martinis. También ambos estaban vestidos muy elegantes, con saco y corbata. Una pareja que se hallaba en el balcón se unió al grupo apenas nos vio llegar. La primera mujer trajo a otras dos, un poco menores que ella, que antes estuvieron drogándose en la habitación de al lado. Lo supe porque traían polvo blanco en las narices. Otro hombre, el mayor de todos, probablemente en sus setenta, ingresó en la habitación un poco después. Detrás de él venía un mozo empujando un carrito con una fuente de frutas frescas y botellas de diversos licores. El hombre, un inglés de nombre Sinclair Thomason, le habló unas palabras a la primera mujer. Ella asintió a lo que parecía una orden y se apuró a servirme un trago. Era un cubalibre, lo cual se me hizo irónico ya que no me sentía muy libre en ese momento.

Una vez que estuvimos todos reunidos, nos sentamos alrededor de la mesita donde Javi desplegó su mercancía. Al comienzo se mostraron un poco remilgados, y hubo risas y bromas forzadas por el pudor y el decoro. Parecía que era la primera vez que hacían algo así, en grupo. Uno por uno tocaron los aparatos, hicieron preguntas. Empezaron con lo más decente, lo que es de uso más común. Aparecían modestos y vergonzosos. Debe haber sido un recato fingido porque al rato se pasaron al otro extremo, haciendo bromas, usando los juguetes en sus parejas y luego en sus amigos. Sinclair era el que azuzaba el desbande, dirigiendo a uno y al otro para que hiciera esto o probara aquello.

Javi empezó a ponerse sexual con la primera mujer. Me pareció escuchar que su nombre era Amy. Me pregunté si sería la misma Amy que le costó el trabajo. *¿Sería ella la que lo estaba malogrando, metiéndole ideas raras, obligándolo a 'demostrar su amor' con pruebitas?*

Eso es lo último que recuerdo haber pensado. Debieron ponerle algo al trago porque no tengo memoria de nada más hasta cuando desperté al día siguiente en una cama en otra habitación, pero en ese mismo hotel, con Sinclair a un lado y Amy al otro. Sobre la mesa de noche divisé un sobre de manila con mi nombre. Cuando lo abrí, encontré varios cientos de dólares y un video. No hacía falta ser muy imaginativa para entender lo acaecido.

❧

Regresé a casa derrotada. Javi me estaba esperando, con otro extraño y con su cámara de video. Esta vez él quería estar presente durante el acto. Le dije que de ninguna manera, que volví solamente para recoger mis cosas y largarme de aquel lugar. Le dije que él ya no era mi esposo. Javerche no dijo nada. Se sentó con el otro hombre en la sala y empezaron a beber ron mientras veían los videos que mi marido había hecho conmigo como protagonista. Desde mi habitación los podía oír celebrando los momentos en los que yo me hubiese querido morir, aullando como animales en celo al final de cada escena. De rato en rato escuchaba que Javi le decía: «Espérate a que veas esta otra, te la vas a querer correr… o, a que no puedes aguantarte para agarrarte a esta hembrota». Mientras hacia mi maleta a la apurada yo no entendía qué le estaba ofreciendo a aquel hombre si yo dejé claro que me marchaba, pero aquello no era de mi incumbencia me decía a mí misma, dejaría a Javi para siempre y eso marcaría el final de nuestra historia.

Y así fue, hasta cierto punto.

Me dejó hacer la maleta. Me dejó caminar hasta la entrada. Me dejó abrir la puerta. Me dejó tomar el primer paso hacia mi libertad. Pero apenas vi la luz del sol entrando por un resquicio, sentí un fuerte dolor en la cabeza y que las fuerzas se me desvanecían en el oscuro hoyo en el que estaba cayendo.

Lo siguiente fue ver que Javi estaba sentado en una silla de director de cine que colocó al lado de nuestro lecho conyugal. Su cámara estacionada sobre un trípode, grabando todo lo acaecido. Miré a Javi mirándome: la mirada intensa, la baba del placer chorreando, la lengua pasando por encima de los labios húmedos por el deseo. La habitación estaba iluminada apenas por unas velas que adornaban el lugar, haciéndolo aparecer invitador a la cámara que grababa todos los momentos de aquel nuevo acto de violación sobre mi persona, desde que se acomodaron, conmigo inconsciente, hicieron de las suyas mientras estaba todavía adormecida por un pañuelo con cloroformo que descansaba cerca de mi nariz, y la siguieron cuando desperté para encontrarme otra vez en la pesadilla de este uso no autorizado de mi cuerpo.

—Ya, déjala, ya… ¿No te aburriste ya? —dijo Javi al hombre cuando por fin dio por terminada la sesión con un gruñido de satisfacción.

El hombre trató de reincorporarse para seguirla, pero luego de un par de intentos se dio por vencido y se desmontó. Los dos salieron de la habitación. Al minuto Javi regresó y cerró la puerta con llave desde afuera. La fiesta continuó por unas cuantas horas más, mientras revivían los hechos con un nuevo video.

A eso de las tres de la mañana, Javi regresó a la habitación. Pensando que estaba dormida, se lanzó sobre la cama para golpearme por esta nueva afrenta a su hombría.

—No puedes tener las piernas cerradas, ah... ¿Qué has estado haciendo, prestándote a uno nuevo cada noche? —gritó, mientras trataba de asfixiarme con un almohadón que trajo de la sala.

No me vio venir desde detrás de la puerta y clavarle las tijeras en la espalda, con una puntería tan certera, de seguro guiada por el miedo y el aborrecimiento que sentía en ese momento, que de una sola puñalada lo tumbé al piso boca abajo. No se movió en lo absoluto, pero, solamente para asegurarme, lo acuchillé unas cuantas veces más.

No lo podía creer, sentía que todo era un error, que los últimos meses habían sido una aberración y que la fuerza sobrehumana que sentí al momento de asesinar a mi marido era mi castigo por prestarme a sus enredos sexuales. Sentada en el suelo de nuestra alcoba lloré la muerte de mi Javi, mientras acariciaba con mis dedos la mano que se empezaba a enfriar.

Cuando me calmé, llevé su cuerpo al jardín y lo enterré al lado de sus plantas favoritas, en el mismo lugar donde primero desenterré el dinero que juntamos para emergencias y el pasaporte que me daría una nueva identidad en un país que siempre deseé visitar.

Nadie me vio partir. Era todavía de noche. Nadie nos extrañaría. Amistad y familia eran justamente los círculos que nunca expandimos.

Esa misma madrugada tomé un autobús rumbo a la costa, a La Romana.

Presenté mi solicitud para trabajar en un crucero esa mañana.

Zarpamos esa tarde.

Desde la cubierta del barco, mi vida pasada se fue achicando hasta perderse del todo en el horizonte. Lo único que tenía frente a mí era el mar inmenso, abierto a toda posibilidad, con cada ola lavándome, perdonándome, diciéndome que las heridas que se llevan por dentro no tienen que reflejarse en la vida que vivimos por fuera, en la vida que queremos, que podemos construir. Sentí el viento y me di cuenta de que era libre, que mis acciones, y nada más que mis acciones, controlarían lo que sería de mí, lo que sería de mi vida. Que si lograba olvidar, si conseguía perdonar a Javi y perdonarme a mí misma, podría perderme en el océano de posibilidades que se abría ante mí, volverme a crear, moldearme venciendo todas las barreras creadas por el miedo, recordando que nunca jamás debía volver a sentar mis esperanzas y mis sueños en la casa de un hombre. Se lo conté al viento, me lo dije a mí misma: «Es así como dibujaré a una nueva Damaris. El compás está en mis manos».

Micaela Granada y la sed de paz

Desde muy pequeñita supe que no era como las otras niñas de mi colegio. Tenía una comprensión por encima de mi edad acerca de lo que sucedía a mi alrededor, del mundo en el que mi padre nos forzaba a vivir. Por fuera, todo era maravilloso. Por dentro, monstruos habitaban cada pedacito de aquello que otros imaginaban reflejaba una versión impecable del paraíso.

Nuestra casa era fabulosa, una mansión de tres pisos en la cima de un monte, con vista a un bosque frondoso. Un palacio con piscina olímpica, donde durante el día mujeres hermosas se bronceaban junto a hombres de negocios; y de noche, se vestían con unos trajes maravillosos para continuar la fiesta y las conversaciones, al tiempo que degustaban comidas de todo el mundo y saboreaban coñac y fumaban puros importados, mientras eran atendidos por mayordomos con libreas a lo antiguo y mucamas disfrazadas de *french maid*. Un alcázar en donde fui criada por empleadas, niñeras, choferes y jardineros, bajo la estricta supervisión y dirección de mi padre.

Siempre tuve la sensación de que algo siniestro, una energía invisible pero todopoderosa, acompañaba a mi padre adondequiera que fuese. Podía sentirlo cuando estaba en su presencia. No era solamente que fuese estricto. Muchos padres lo son. Era algo diferente. Era algo perverso que moraba en su ser. Un plan diabólico que inundaba su espíritu y movía su cuerpo.

Fue un padre distante.

Ahora, tantos años después, me pregunto si era distante debido al tipo de trabajo que tenía. Debido al daño que sabía debía ocasionar a otros. ¿Era por eso que todo acerca de él era superfluo, pura apariencia y ninguna substancia?

Como hombre, era un monumento. Lo recuerdo siempre alto y robusto. Una torre a la que todos los peones hacían venias desde abajo.

Cuando era niña, él tenía un poco de interés en mí. Me cargaba con un solo dedo apenas llegaba a la casa del trabajo. No vivíamos en el palacio en esa época. Creo que cuando ascendió a ser el jefe de las operaciones, cuando quedó a cargo de todo, fue en ese momento que él cambio, y nosotros cambiamos. Éramos una carga, algo que tenía que proteger de sus matones, de quienes lo querían muerto, de quienes buscaban venganza, de quienes no estaban de acuerdo con lo que estaba sucediendo con el país, de quienes sabían que él era en parte culpable de lo que acaecía con nuestra querida Venezuela.

Mi padre era el hombre más reverenciado y el más odiado también. Y eso lo hizo tomar distancia de mí y de mi hermana. Mi hermano era otro tema.

A pesar de entender lo que hacía mi papá en el 'trabajo', yo buscaba su amor. Podía ser un matón en la calle. Un torturador. Un agente de la corrupción y del Gobierno. Pero, en casa, ese hombre era mi padre.

Mi hermana y yo nos sentábamos a esperarlo todas las tardes en el jardín de recibo, entre el portón y la casa. A Elisa le encantaba jugar a las escondidas en aquel lugar. Y cuando no estábamos corriendo por el jardín, buscando guaridas donde ocultarnos, jugando a la ere o cazando mariposas, se nos daba por machucar flores de colores para sacarles el jugo y así hacer tinte para la ropa de las muñecas.

Don Beto, el jardinero, nos avisaba cuando veía venir el automóvil de mi papá. Elisa y yo entonces nos acomodábamos los vestidos españoles y las colas de caballo, y nos secábamos el sudor, y nos sentábamos en las escaleritas de entrada a la casa, quietecitas como unas princesitas de cristal, para que fuésemos lo primero que el papi viese al abrir la puerta del coche.

La verdad es que muy pocas veces nos dirigió siquiera la mirada, pues su atención siempre se concentraba en mi hermano Ernesto, que salía de la casa como una flecha certera e iba a parar directamente en los brazos de mi papá.

∂∞∂

Mi habitación era mi espacio favorito en aquel castillo frío. Aquel lugar era mi fortaleza, el recinto donde podía ser yo misma. Recuerdo haber pasado muchas horas solitarias escribiendo poemas en las paredes de aquella alcoba. Contándole a los anchos ladrillos, al yeso y a la pintura blanca todo acerca de mí, de mi vida, de mis emociones, de mis sentimientos. Para cuando llegué a la adolescencia, la mayoría de las paredes estaban totalmente escritas, cual confesionario al desnudo, todos mis pensamientos en muestra pública permanente que solamente Yuzmeri, la empleada que limpiaba mi habitación, había visto, y por lo cual me juró total y permanente silencio.

Triste pero verdadera historia. Ni mi papá ni mi mamá me visitaron una sola vez en mi habitación. Yo siempre veía películas americanas y soñaba con que mis padres me hicieran el *tuck in*, la ceremonia de leerle un libro a la niña, ya con pijama y metida entre las cobijas, y despedirse con un beso de buenas noches, como veía que hacían con los niñitos allá, en Estados Unidos. Nunca se me concedió el deseo. Luego, esas películas se volvieron prohibidas en mi país porque sus mensajes 'trastornaban a la juventud'. Esas fueron las palabras exactas del presidente, o, mejor dicho, dictador de turno.

Lo que más recuerdo de mi niñez es que siempre sentía una intensa tristeza. En un lugar tan bello, como lo era esa mansión, lo que respirabas era maldad. Lo que crecía en aquella morada era una aberración de lo que es puro y natural.

Ni siquiera el amor entre mis padres era normal. Ella era otro cuerpo bronceado que él usaba cuando necesitaba y desechaba cuando quedaba satisfecho.

Mi madre le concedía el íntegro de sus deseos sin protestar.

En mi hogar todo se fundamentaba en pánico.

Los rituales de la tarde eran interesantes, pues se observaban meticulosamente cada día de la semana. A las seis en punto llegaba el automóvil negro de mi padre al portón. Don Beto nos pasaba la voz a Elisa y a mí y luego abría la reja de hierro forjado. Mi papá bajaba del auto y lo primero que hacía era saludar a Ernesto. Nos sobaba las cabezas al pasar junto a nosotras en la puerta y seguía para adentro. Mi hermano le contaba sobre su día, sus clases, sus amigos, y sus maestros. Mi papá buscaba estar al corriente de pormenores: quién le caía bien, quién le caía mal, quién le daba problemas. El asistente de mi papá, un matón apodado Tococho, tomaba nota del cúmulo de detalles que aportaba 'el principito' para, en un futuro cercano, ajustar cuentas con los nombrados.

A mi papá le gustaba subir a su recámara para cambiarse antes de la cena. Pasaba de su uniforme militar, o de su traje de ejecutivo, a algo más ligero. A veces se vestía para recibir visitas por la noche.

Cuando salía del baño, ya cambiado, mi mamá debía esperarlo en la salita de su dormitorio con un azafate donde reposaban una botella del mejor *whisky*, agua, hielo y dos vasos. A pesar de que siempre bebía solo, por alguna razón extravagante exigía dos vasos.

Tomaba sus dos vasos de *whisky*, uno en cada vaso, mientras analizaba lo que no alcanzó a leer del periódico durante el desayuno, o mientras veía el noticiero. No entablaba ningún tipo de conversación con mi mamá durante esa hora, pero le requería que estuviese sentada a su lado, muda y sin mover un solo dedo.

Casi todas las noches, Elisa y yo los espiábamos desde el otro lado del pasadizo. Nuestras miradas a veces se cruzaban con las de mami. Ella entraba en pavor en ese momento, rogándonos con los ojos que no hiciéramos nada que molestase a nuestro papá.

No sé cómo, pero los dos vasos de *whisky* siempre terminaban teniendo el contenido alcohólico de cuatro. La mayoría de las cenas de mi infancia fueron con un padre que bebió demasiado y una madre que, viendo lo que sucedía delante de ella, le tenía horror a hacer algo para cambiar su vida.

Ahora que lo pienso, aunque recuerdo muchas fiestas en mi casa, no guardo en la memoria momentos familiares de alegría y risas. Todos vivíamos con el constante miedo de mi papá: el Mariscal de las Armas, el Coronel Explosión, el Virrey Roberto Granada.

Vivíamos cómodamente, a expensas del sufrimiento de otros. No por nada te conviertes en el vendedor de armas más importante de la región. Roberto Granada atesoraba incontables nombres de difuntos en su haber. Muertes que ocasionó indirectamente con el producto suplido a guerras, guerrillas, narcotraficantes, terroristas y simples criminales en el mundo entero. Y ejecuciones que él causó directamente, pues el gatillo se jaló bajo su orden, o fue él mismo quien disparó con la intención de asesinar.

Íbamos a misa todos los domingos. Y los tres chicos asistíamos a colegio católico. Pero nunca creí que esas ofrendas fuesen suficientes para recibir el perdón de su Padre divino. El alma de mi papá era un motivo de permanente preocupación y oración cuando era niña. Mi papá parecía disfrutar de su sadismo a un grado que colindaba con la enfermedad mental o la posesión diabólica. Yo lo siento mucho, y hasta me avergüenza decirlo, porque estoy hablando de mi propio padre, pero no creo que una persona que se entretiene tanto siendo cruel, sembrando maldad, pueda obtener salvación divina. Ya a esa edad temprana tenía la convicción de que nunca vería a mi padre en el cielo.

∝❦❦

Una mañana nos despertamos al amanecer con unos ruidos que provenían de afuera, desde las laderas de la colina donde se encontraba situada nuestra casa. Abajo, en la circunferencia del cerro, formando una guarnición de protección, había ocho casitas donde moraban nuestros guardaespaldas y sus familias. Pistoleros apostados en lo alto de los árboles, en el bosque que bordeaba el sendero que se desviaba de la carretera para subir el monte, disparaban hacia las casas de nuestro personal de seguridad, con la intención, me imagino, de aniquilar primero a sus habitantes y luego subir hasta la mansión y liquidar al Dictador Granada, junto con todos sus sanguinarios asesinos.

El destacamento enviado no tenía ni por asomo la capacidad del ejército secreto que se guarnecía en las inmediaciones e instalaciones que yo conocía hasta ese momento como mi hogar. De inmediato, una patrulla salió a pelear fuego contra fuego en las faldas del cerro. El techo de mi casa se transformó en el torreón de combate desde donde mi padre vociferaba órdenes a sus hombres.

Mi madre, Elisa y yo fuimos trasladadas bruscamente al sótano. Mi mamá fingía que nada malo sucedía, que era un día cualquiera. Le pidió a la empleada que nos trajera el desayuno allá abajo. Ordenó a mi niñera que nos vistiera para el colegio en un cuarto debajo de la casa. La servidumbre estaba sobrecogida. No sé si tanto por la batalla campal que se desenvolvía a apenas unos metros de distancia de donde nos hallábamos (la mansión era una edificación sólida, revestida con varias capas de concreto para resistir todo ataque. Y el lugar donde nos encontrábamos era un búnker), sino por la reacción desconectada y fría de mi mamá.

—Toma tu desayuno, que se te va a enfriar —le dijo a Elisa mientras jugaba nerviosamente con mis colitas.

—Mami, ¿qué está pasando? ¿Por qué están disparando afuera? —dije temblando de miedo.

Elisa me tenía agarrada de la mano por debajo de la mesa. Tenernos era el único consuelo que podíamos encontrar en un palacio donde el rey y la reina estaban chiflados.

—Creo que les falta un poco de sal a los huevos. ¿No creen, niñas? —contestó mi mamá, procediendo a vaciar el salero encima de nuestros platos.

Impavidez no es la reacción que esperas de tu mamá en este tipo de situaciones. Esperas que te abrace, que te proteja, que te diga que todo va a estar bien, que te cuente un cuento o te haga cantar una canción con ella para ahogar con armonía el ruido de los disparos.

Yo sabía perfectamente lo que estaba sucediendo. Estaba contando las descargas. Cada *pop* era un herido, o un muerto. Y si el ruido era como el de un trueno, entonces varios heridos, varios muertos.

Ernesto estaba allá arriba, con mi papá. Ambos estaban vivos. De rato en rato escuchaba la voz de mi hermano repitiendo las órdenes del jefe. El señorito Ernesto estaba siendo preparado para tomar un puesto oficial en la empresa de mi papá, y este incidente probaría su disposición para el liderazgo de los hombres, su destreza para reaccionar en un momento de desconcierto, como demostró ser ese día.

Terminamos de desayunar. La cantidad de disparos y los gritos desgarradores de los heridos y los que se enfrentaban a los inevitables últimos segundos de sus vidas aminoraron. ¿Sería porque la ofensiva estaba por terminar o porque ya no quedaban muchos para pelear?

La niñera nos llevó a una de las habitaciones del sótano y procedió a cambiarnos para ir al colegio. Pijamas para afuera, uniformes para adentro. Parada frente al espejo, mientras mi criada me peinaba, me juré nunca convertirme en uno de ellos, uno de esos monstruos que destruyen el mundo o que permiten que sea destruido sin nunca decir un 'pero'.

Cuando salimos del escondite, listas para el día escolar, nos encontramos con mi padre bajando las escaleras. No tenía un solo rasguño. Llevaba puesto un inmaculado traje de ejecutivo. Se veía muy apuesto, muy seguro de sí mismo. Ernesto venía tras él. El teniente detrás del coronel. Los dos sonreían. *¿Cómo podían sonreír?,* me pregunté.

—¿Estos pajúos de mierda piensan que van a venir a mi casa, a mi territorio, que me van a atacar al amanecer, de la manera cobarde, y que van a vivir para contarla? ¡Roberto Granada no se deja amedrentar! Diles hijo. Diles, Ernesto, lo que hemos logrado en unas cuantas horas de batalla.

—Perdimos unos cuantos de los nuestros. Y hemos enviado a los hombres a verificar nuestras pérdidas abajo. Parece que una casa fue incendiada al comienzo del incidente. Pero el hecho es que la luchamos como hombres y los dejamos culicagaos a esos hijos de puta. Ya se fueron corriendo los pocos que quedaron —dijo orgullosamente mi hermano.

—Matar gente me despierta el apetito. ¡Me muero de hambre! Lucrecia: sírveme el desayuno en mi estudio —dijo mi papá sobándose la barriga.

—Sí, señor —dijo una de las empleadas asomándose desde detrás de un mueble en la entrada a la casa.

—Celebraremos más tarde —le dijo mi papá a mi mamá, y se fue silbando una tonadita militar hacia su oficina.

A Elisa y a mí nos subieron al auto con el chofer y nos despacharon para el colegio como si fuera una mañana cualquiera en un día cualquiera.

Dejamos el reducto atrás. Más allá del portón, se podía ver la destrucción causada por balas de diversos calibres. Un par de huecos del tamaño de una bola de boliche certificaron que los malhechores contaban con armas poderosas de destrucción. *¿Serían las mismas que mi papá se encargaba de poner en manos de los individuos más viles que habitan este planeta?*, me pregunté. Por el precio adecuado, él no tenía melindres acerca de quién usaba finalmente su producto o para qué.

Vimos cuerpos desparramados por todo el camino. Vidas que alguna vez le pertenecieron a mi padre o a alguien como mi padre, el individuo al otro lado del espejo, su fotocopia en el bando opuesto, la persona que más odiaba y su reflejo al mismo tiempo. Brazos, piernas, cuerpos enteros cubiertos en sangre, y pedazos de cuerpos, revueltos en el campo de batalla con los de los enemigos, conviviendo en paz ahora, en el mismo féretro, tal vez, para la eternidad. Lo que la vida no pudo unir, sería colocado por el sepulturero en el mismo lugar. ¿Sabría lo que hacía o le sería una broma…? La última ironía, pedazos de ti y de tu enemigo conviviendo para siempre, sirviendo por fin un propósito altruista: sustentar la tierra para dar de comer a la humanidad.

Elisa era mi mejor amiga cuando éramos niñas. Eso cambio después. Como aquellos cuerpos cuando estaban vivos, todos terminamos en un bando tarde o temprano.

Además de mi hermana, tenía otra amiga en nuestro recinto feudal. Su nombre era Sol, abreviado de Soledad. Sol era la hija de uno de nuestros guardaespaldas. Vivía en una de las casitas circundantes a nuestro cerro. Cuando la agresión empezó, la casa de Sol fue la primera en sentir el golpe. Toda la familia salió a defenderse, y a defendernos, armada con el pequeño arsenal que se guardaba junto a la puerta, en un gabinete especial que hasta al hermanito de Sol, Orión, que tenía apenas cinco años en aquella época, conocía; era necesario que todos en su casa supieran manejar armas pues reconocían que su situación los convertía en los primeros blancos en caso de ataque.

El papá de Sol era un hombre fornido, de sonrisa ancha, muy bromista él, siempre buscando pretexto para irse a la chacota. Su nombre era Fulgencio Zambrano. Su mamá, era sin duda alguna la mujer más

bonita del pueblo. No era del tipo de las que se bronceaban el día entero al lado de la piscina. Su belleza
era pura, natural, pueblerina, cándida, inocente. Tenía la misma edad que mi mamá, pero parecía mucho más joven. Para mí, Sol era la futura Miss Venezuela. Desde chiquita parecía destinada para algo
grandioso. Hasta su nombre (el corto, no el largo) le
venía perfecto, pues toda ella irradiaba una felicidad
contagiosa. La suya era una alegría que me inspiraba
a vivir cada momento con júbilo. Yo jugaba con ella
después del colegio, después de hacer las tareas tenía
que ser. Yo le llevaba muñecas y juguetes que ella
nunca había visto, pero ella los traía a la vida de una
manera que yo nunca había disfrutado. Su familia me
acogía como a la princesa que era. Después de todo,
yo era la hija del jefe. Pero también me abrían su hogar y sus corazones, invitándome a cenar, por ejemplo, a disfrutar de una vida en familia que yo desconocía. Nos complementábamos en todo, Sol y yo. Era
mi mejor amiga, después de Elisa.

Bueno, esa mañana los Zambrano salieron armados de su casa, listos a morir en defensa de su general y bienhechor, mi papá. Llevaban rifles y pistolas.
También granadas en sus manos. Uno de los hombres del bando opuesto disparó hacia Sol. La granada
que ella llevaba en la mano cayó al suelo, a sus pies.
Antes de que pudieran hacer nada, explotó.

Los trabajadores de mi papá intentaron limpiar
bien todo el camino, desde la entrada, en la ladera de

la colina, hasta la mansión. Trataron de desaparecer los cuerpos y esfumar de inmediato toda prueba del incidente. Pero trozos de Sol quedaron colgados del árbol a la entrada de su casa. Cuando pasamos por ahí esa tarde, al regreso del colegio, vi engarzados en las ramas partes de su rostro, sus intestinos y una pierna con la pantufla rosada tipo *ballerina* que yo le regalé unos meses antes por su cumpleaños. Elisa también vio aquello. No dijimos nada. Nos agarramos de la mano en el asiento de atrás, y apretamos los dientes hasta que nos dolió la cara, para evitar emitir los gritos desgarradores que hervían en la garganta. Roberto Granada era el engendro que facilitó la muerte de mi Sol.

అ\ఞ

Crecí con un resentimiento muy fuerte hacia mi padre. Su ganancia era la causa de muerte y pesar de muchas familias en el mundo entero. Su negocio, y lo hacía requetebién, era armar a quien tuviese el dinero. Venezuela se estaba volviendo un país militarizado, donde cualquier pequeño tirano con delirios de grandeza podía adquirir poder por la fuerza. Los medios de comunicación independientes no existían; los que se conservaban, estaban en manos del Gobierno. La desinformación y el caos provocado por el racionamiento de la comida, de la electricidad, de la gasolina, en el que fue uno de los países más ricos de Latino América, incitaba a que muchos tomasen la ley en sus manos. Y el General Granada estaba listo y dispuesto a ayudarlos.

Mi papá estaba acostado con medio mundo, pero sobre todo con el Gobierno venezolano. Sus inigualables servicios y su destreza para hacer desaparecer a los 'enemigos de la patria' le obtuvieron cenas semanales con el mismísimo presidente de la República.

Yo, para tomar un respiro, me inscribí en la universidad. Quería estudiar Derecho y buscar la manera de llevar a mi padre frente a los tribunales internacionales por crímenes de lesa humanidad. Pero primero lo haría pagar las cuotas exorbitantes de mi universidad privada.

Caracas era un polvorín en esa época. Calles y avenidas cerradas con barricadas. Militares armados, y con órdenes de disparar, apostados en cada esquina. Protestas diarias. Crímenes y criminales por todos lados. Desesperación de los pobres. Pánico de los ricos.

Muchos se fueron del país durante esos años. Nosotros no. Ese era el ambiente perfecto para que mi padre se enriqueciese todavía más. Su ritual diario después del trabajo, con sus dos vasos de *whisky* y el noticiero, se convirtió en su momento preferido. Juro que a veces lo escuchaba aplaudir cada mala noticia.

Mi mamá seguía bronceada, pero decía muy poco en esa época. Estoy segura que, de haber hecho una encuesta familiar, la señora Irene Tovar de Granada hubiese votado por apersonarse a la garita desde donde partían, en éxodo masivo, todos los venezolanos que, en protesta por el giro que les había dado el Gobierno actual, que ya llevaba décadas en el poder, pero que iba de mal en peor, se largaban del país, en vez de quedarse y ayudar a meter a la cárcel a desalmados como mi papá, el Coronel Estallido.

Yo inicié mis cursos en Leyes. Ernesto estudió Administración de Empresas, pero él ya conocía el negocio que administraría desde que estaba en pañales, así que no sé si su diploma realmente cuenta. A raíz de la muerte de Sol, Elisa pasó a ser una típica hijita de papá. Se había convencido de que la única manera de sobrevivir sería estando del lado de aquel endriago ajumado por el poder.

Nunca alcancé mi sueño de entregar a mi padre a la justicia. Dos años después de haber ingresado a la universidad, surgieron problemas con Colombia y las acusaciones de que mi país estaba armando a sus guerrilleros. La bragada reacción del presidente fue la de cerrar las facultades para que así no hubiese ningún 'intelectualoide', como él los llamaba, cocinando teorías contra el Gobierno.

Mi papá me matriculó, sin consultarme, en la Escuela de Enfermería.

—Siempre existirán heridos, enfermos, incluso en nuestra casa, tú sabes, cuando nos atacan, por ejemplo. En esta profesión te va a ir mucho mejor, encaja con tu personalidad, con tus deseos de curar a todo el mundo. Ya verás: te va a gustar. Y si no te gusta, te conseguimos marido y ya, para de contar, que ya de mujer casada no necesitarás trabajar —dijo mi papá.

—Pero, papá, yo quiero estudiar Derecho. ¿Por qué no me mandas a Estados Unidos, así como lo mandaste a Ernesto?

—Porque él es varoncito y usted es hembrita. Y las hembritas no necesitan educación ni carrera, solamente necesitan ser bellas, así, como tu mamá. Y luego, más nada, aprender a dirigir al servicio y a mantenerse bonitas, sumisas y calladitas. Aprende de tu madre, coño.

⌘

La enfermería no me gustó mucho al comienzo. Ver sangre, fuera de la que ya había visto correr en mi casa y la que se presentaba en mis sueños, pidiéndome, rogándome, que detuviera las masacres venideras, era suficiente angustia para mí. Pero cuando descubrí el auténtico sentido de aquello, la verdadera vocación de servicio, la de ayudar a seres humanos en sus momentos de mayor necesidad, cuando están desprotegidos y desamparados, enfrentándose al misterio que es nuestro cuerpo, a su mortalidad, fue entonces cuando encontré solaz y acepté ese nuevo camino impuesto por el Tirano en persona.

Hice unas cuantas amigas en la Escuela de Enfermería. Pero hice un amigo en particular, un estudiante de enfermería también, que poco a poco se convirtió en mi compinche de protestas anónimas. Su nombre era Héctor Gómez. Venía de una familia de bajos recursos, un gocho, un majunche le dirían con desprecio. A mí no me importaba de dónde venía, lo que me interesaba era para dónde iba. La enfermería era para él una manera de ayudar al pueblo y, al mismo tiempo, de estar al tanto de la verdad.

—En los hospitales y en los centros de salud es donde realmente percibes en toda su magnitud el sufrimiento del pueblo. En esos lugares eres testigo de lo que sucede en las calles. ¿Dónde crees, si no, que terminan todos los que aporrean en las protestas? Si tienen suerte de estar vivos, o de no ir a parar detrás de las rejas, nosotros somos los primeros que verán cuando abran sus ojos hinchados, cuando muevan sus dedos agarrotados para pedir agua, cuando sientan miedo y se despierten gritando aterrorizados en la noche. Somos nosotros, chama, los que los atenderemos —decía Héctor, los ojos abiertos, el corazón palpitándole de rabia y patriotismo.

—¿No tienes miedo, Héctor?

—Miedo se tiene solamente si tu conciencia no está en paz, si eres uno de esos que se cree que porque te puede poner un rifle en la cara ya tú le debes la vida.

—No entiendo... ¿Por qué tendrían miedo si son los que tienen el poder?

—Están armados porque tienen miedo, porque saben que ese poder ha sido robado. Yo me armo con la verdad. Eso es lo único que necesito para saber que estoy tranquilo.

—¿No portas armas, entonces?

—Estás loca, chiquilla. Mira, Micaelita, yo te quiero mucho y todo, pero a veces creo que tú y yo crecimos en mundos demasiado diferentes. De donde yo vengo, cuando eres bebé te dan la teta y una pistola. Nadie sale de su casa sin, por lo mínimo, un cuchillo... ¡Tú estás chifladita!

—Pero, dijiste que...

—Dije que no ando amedrentando a la gente, pero eso no significa que no tenga algo con qué defenderme si se da el caso —dijo, sacando de su bolsillo una cuchilla que se convertía en el doble de grande y tenía un filo que sin duda podía hacer mucho daño.

—¿La has usado? —pregunté, apenas tocándola para no cortarme.

—Una vez nomás. Me asaltaron llegando a la escuela. Mi primera semana aquí. Ay, pero no se llevaron nada más que varios cortes. Seguro que los terminaron cosiendo en este mismo hospital.

—Ummm…

—Tienes mucho que aprender, catira hermosa. No te puedes pasar la vida siendo solamente una muñequita, sin nada adentro. Tienes que tener ideales más grandes que tu mundito —dijo besándome.

Mi primer beso. En el patio de la Escuela de Enfermería. Con un don nadie, como lo hubiera catalogado mi papá de haber sabido. Decidí en ese instante que evitaría a toda costa que el General Detonador se enterara. Sería difícil, pues en esa época los tres hermanitos Granada vivíamos a la sombra de alguno de sus guardaespaldas.

Me pregunté si Patricio moriría en mi defensa, como lo hizo Fulgencio, el papá de Sol. Me contesté que «no». Mi vida lo tenía sin cuidado. De sucederme algo, estaba segura de que encontraría un chivo expiatorio en quien clavar la culpa, la excusa perfecta para deshacerse de un enemigo o vengarse de un amigo que se le había torcido, utilizando la furia de mi padre. Esos pensamientos me facilitaron justificar mis andadas con Héctor. Me sentía más segura en sus brazos que en la compañía de los bravucones pagados del Rey Granada.

Nos convertimos en amantes al poco tiempo de aquel primer beso. Hicimos nuestros los himnos de rebeldía de aquella época. Silvio, Mercedes... cuántas letras de canciones que decían exactamente lo que sentíamos. *...La cobardía es asunto de los hombres, no de los amantes. Los amores cobardes no llegan a amores ni a historias, se quedan allí... ni el recuerdo los puede salvar, ni el mejor orador conjugar...* Repetíamos las canciones una y otra vez. *...Sólo le pido a Dios que la guerra no me sea indiferente... Es un monstruo grande y pisa fuerte toda la pobre inocencia de la gente...* Cantábamos las estrofas mientras hacíamos el amor, a escondidas, en los contados momentos en que yo lograba hacer un truco mágico y esfumarme ante los ojos de Patricio. *...Ojalá que la luna pueda salir sin ti... Ojalá que la tierra no te bese los pasos... Ojalá pasé algo que te borre de pronto...* (y me refiero a ti, papá).

Héctor nunca cayó en la cuenta que a donde quiera que fuéramos nos seguía un gigante con pinta de malandrín. Para ser 'de la calle' nunca entenderé cómo se le pasó esa pista tan obvia. Él no tenía idea de quién era mi papá. Me hubiera dejado de haberlo sabido. Mi familia representaba la antítesis de sus ideales humanitarios, de sus teorías de armonía humana generada por pacifismo universal.

—A ver: si yo te doy un puñetazo, tu reacción natural será responder. Y si tú me pegas, mi reacción natural será también responder. Y así vamos de mal en peor. Tú me pegas, yo respondo. Yo te pego, tú respondes. Es lo natural, lo humano. Pero también es lo humano querer ser el que gana... Así que estos puñetazos nunca acaban. Nunca en realidad. Incluso cuando la guerra termina, los puñetazos continúan. Y todos nos volvemos unos babiecas trastornados. Dios nos dio cerebro por algo: para pensar. Si lo único que hacemos es darnos duro en lugar de pensar juntos en soluciones, ¿quién se beneficia? —decía Héctor con ardor juvenil.

—No lo sé… —contestaba yo, haciéndome la inocente cuando realmente sabía la respuesta.

—El Gobierno, el fabricante de armas…

—¿El que vende las armas?

—¡Ese muérgano es el peor! ¿No ves que ese mal-parío, hijo de la puta que se coge al diablo, es el que necesita estos desbarajustes sociales? Si ese pudiese, se iría a crear guerras personalmente, con la única intención de vender sus armas. A ese le deseo que el día en que por fin desaparezca de la faz de la tierra que se lo culee su padre, el Satanás en persona, en el infierno, todos los días.

—¿Por toda la eternidad? —preguntaba, temerosa de encontrar en las palabras de Héctor la confirmación de mis temores más grandes.

—Por todititíaaa la eternidad… Chama, mi amor, esos no son malos deseos. Son buenos deseos. Liberar al mundo de la podredumbre y de la basura son buenos deseos —contestaba cuando me veía fruncir el ceño, sin saber que lo hacía porque me la pasaba deseando que mi padre cambiara, que no tuviese que vivir en el infierno por toda la eternidad.

—Te amo tanto —le decía, buscando olvidar por un momento a mi padre.

A mis veintitantos años estaba convencida de que quería pasar el resto de mi vida con Héctor. Lo amaba con todo mi corazón. Lo deseaba con todo mi cuerpo. Lo soñaba todas las noches. Su imagen en mi cama, en la oscuridad, tocándome con cariño, con devoción, con caridad, evaporaba de mi mente las imágenes de toda la gente muerta por culpa de mi papá. Soñaba con irme con él. Desaparecer. Cortar los vínculos. Nunca más volver a saber de mi familia. Deseaba que ese día llegase lo más pronto posible. Me veía junto a Héctor, luchando por la paz, llevando a los terroristas, a los que venden armas, a los que construyen su imperio encaramados en el sufrimiento de otros, ante la justicia. Héctor era mi vida, lo único que me daba esperanza, lo único que me mantenía todavía en una pieza.

Estábamos por graduarnos de la Escuela de Enfermería, cuando Patricio por fin captó lo que estaba sucediendo frente a él. Estaba furioso por no haberse dado cuenta antes, pero se guardó ese detalle cuando fue a hablar con Ernesto, que para entonces ya era el flamante segundo en comando del Capitán Degeneración.

Mi hermano me agarró a cachetadas esa tarde apenas llegué a casa. Mi papá estaba parado al lado de él, midiendo con intensa satisfacción cuánto sacrificaría su hijo en nombre de la empresa y del apellido Granada.

—¡Eres una puta de mierda! ¡Estás cogiendo con un niche de la calle! —gritaba Ernesto, mientras me propinaba una paliza delante de todos.

Elisa tenía las manos sobre su boca, como asegurándose de no decir nada que le causara problemas con el papito amoroso que ella inventó en su mente.

—¡Déjala! ¡Déjala, carajo, comemierdas, se van a ir pa'l carajo los dos! ¡Déjala, que es tu propia hermana! ¡Di algo, Roberto! —saltó a defenderme mi mamá apenas entró al salón.

Ernesto y mi papá se miraron. Pude ver la perversidad encarnada en ese deforme abrazo visual. Un monstruo de maldad se apoderó de mi hermano. Las venas moradas palpitaban con furia en sus sienes. Las gotas de transpiración caían por su frente perlada, calándolo de sal y de crueldad. Desvió el puñetazo que me estaba por encajar, dejándome caer al suelo, y con un respingo aterrizó su puño en el estómago de mami, quebrándola sobre el sofá chico. Aprovechando la reacción de pánico de mi madre, Ernesto volteó a mirar nuevamente a mi papá y cuando confirmó las órdenes del Califa de la Infamia depositó su furia sobre las costillas y el rostro de su propia mamá. Una y otra vez escuchamos ese sonido seco rebotando sobre el cuerpo de mami, sus gemidos de dolor agotándose bajo el retumbar del mugido animal de Ernesto encaramado sobre ella, enviciado en el poder de aniquilar con impunidad lo más venerado. Una y otra vez vimos su feroz mano hinchada de autoridad aterrizando sobre el cuerpo de una mujer indefensa. Una y otra vez el descaro y la degradación humillante, golpeándola hasta que, saciado, mi padre por fin lo detuvo.

—Ya. Que si no aprendieron ahora, yo me encargo de que entiendan más tardecito. Toma tus pastillas, mi amor, que te vas a sentir mejor —le dijo a mi mamá, dándole un puñado de píldoras—. Y tú: ni pienses que vas a ver a ese Héctor de nuevo, o Patricio se encarga personalmente de él.

Desde la puerta, Patricio sonrió.

—¿Puñal, pistola, machete, o soga? Lo que usted prefiera, señorita Micaela —dijo, haciendo un gesto de agarrarse las pelotas.

Estremecida por la rabia y el horror, no dije nada. Me levanté del suelo, en donde había quedado sangrante, me acerqué a mi mamá y, ofreciéndole mi brazo para que se apoye, la llevé para acostarla en su cama. La impresión de lo sucedido me dejó sacudida. Sabía que mi padre cumpliría con su promesa. ¿Si no le importaba que mi madre fuese golpeada brutalmente por su propio hijo, qué le iba a importar la

persona a quien yo amaba? Fragüé mi plan en un instante. No podía dar vuelta atrás. Yo quería demasiado a Héctor como para dejarlo morir por mi culpa. Al
día siguiente, temprano, fui a darle el encuentro en
nuestro escondite secreto. Hicimos el amor. Él no sabía que era mi despedida. Cuando terminamos, le
busqué pelea, le dije una mentira para romper con él,
luego cerré la puerta con furia, y en la vereda, frente
a su piso, lloré por mi alma destrozada. Fue lo más
duro que tuve que hacer por amor. Él nunca supo lo
cerca que estuvo de convertirse en un cadáver más
en la lista de Patricio.

De inmediato, Ernesto tomó responsabilidad de
mi vida amorosa y empezó a presentarme a todos sus
amigos. Cada cual era más landro que el anterior.
Los guardaespaldas de mi papá por lo menos tenían
buen cuerpo. Estos tipos eran unos adefesios, malha-
dados, grotescos, que de seguro hasta tenían enfermedades venéreas. Salía por lo menos una vez con
cada uno, por obligación, y para que Ernesto no
cumpliera con su promesa de mandar asesinar a Héctor. ¡Me daba tanta paz cuando veía a Héctor al día
siguiente en el hospital y estaba completito! Yo lo seguía amando desde lejos.

Cuando cumplí treinta, Ernesto y mi papá me tenían una sorpresa por mi cumpleaños: un viaje de
luna de miel en un crucero alrededor del mundo.
Hubiese sido fabuloso, de tener a Héctor para compartir esa alegría. Pero lo que mi hermano y mi papá

querían era que contrajese nupcias, de inmediato, con el hijo mayor de una familia muy adinerada, de narcotraficantes, con la que necesitaban consolidar sus relaciones empresariales. En otras palabras: me vendieron al mejor postor.

El muchacho, de primera vista, no se veía tan mal como los otros. Tenía su pinta, era elegante y formal, y sabía conversar de una variedad de temas, lo cual era muchísimo más de lo que podía decirse de todos los otros novios potenciales que me presentaron hasta ese momento. Su nombre era Felipe Idóneo Gallardo. Accedí a salir con él para seguir salvándole la vida a Héctor. Pensé que si no me quedaba otra opción, tal vez podría aceptar casarme con él. Tal vez podría acostumbrarme a ser un cuerpo bronceado y sumiso, como mi mamá.

Felipe y yo empezamos a salir. Íbamos al cine, a comer, a caminar por el parque. No teníamos mucho en común. No era mi alma gemela, pero ya me estaba haciendo a la idea de que en mi mundo mi opinión no contaba para nada.

Una noche, noté que Patricio se había ido, que no estaba cerca, vigilándonos como de costumbre. Me pareció raro, pero no me preocupé. Estábamos sentados en la glorieta, en el jardín de atrás de la casa. La oscuridad se truncaba únicamente por unos rayos débiles de cuarto menguante deslizándose por entre las densas nubes. Felipe empezó a besarme, y yo me dejé. Había esperado caballerosamente unas cuantas semanas, así que le di puntos a su favor por el gesto. De pronto, empezó a tocarme por todas partes. Me reí inocentemente, como se suele hacer en esos casos, y lo empujé, tratando de salirme de sus brazos sin ser brusca o herir sus sentimientos. Felipe siguió con sus avances. Rasgó mi vestido. Cada vez lo sentía más encima de mí, más adentro de mí, como un bruto que no sabe escuchar súplicas y lo único que quiere hacer es seguir sus instintos. Rogué para que Patricio apareciera en ese momento. Pero el hombre no volvió nunca más a su lugar designado. Dejar que Felipe se impusiera de esa manera, violándome prácticamente en público, fue su venganza por el mal rato que pasó con lo de Héctor.

Cuando terminó, Felipe se levantó, se subió el cierre y se fue. Lo escuché silbar la misma tonadita militar que tanto le gustaba al Teniente Locumba.

Llegué maltrecha hasta la puerta de mi casa y me desvanecí en el patio. Fue mi mamá la que me encontró en ese estado. No tenía que decirle nada. Ella sabía lo que había sucedido.

Las empleadas salieron a ayudarla y entre todas me cargaron hasta un sofá en la sala de visitas. Yo lloraba con los ojos cerrados por la deshonra, por la impotencia, por la rabia. *¡Quiero a Héctor! ¡Quiero a Héctor! ¿Dónde estás, Héctor? ¿Dónde estás cuando necesito que estés conmigo, que me salves de esta humillación?,* repetía en mi mente, como una oración que esperaba llegara hasta los oídos de mi amado.

—¿Qué paso? ¿Qué es esta reunión de calzones? —dijo mi papá, apenas entró en la casa. Venía de cabalgar y no estaba de muy buen humor porque su caballo se comportó rebelde.

—¡Felipe se ha aprovechado de Micaela! ¡Tienes que hacer algo, Roberto! —dijo mi mamá, corriendo hacia él.

Mi papá sonrió. Su reacción me pareció maquiavélica.

—Ya era hora de que pruebe lo que es bueno. Ahora le pones el vestido blanco y el velo, y que se case con ese chico, que el pacto ya está sellado —contestó mi papá.

Todas nos quedamos boquiabiertas. Hasta para mi papá aquello era un golpe demasiado bajo.

—No. No me caso con esa bestia —contesté, buscando fuerzas donde no las tenía.

—Que te casas.

—Papá, se ha forzado, me ha atacado. ¿No me vas a defender? ¿No vas a mandar a uno de tus matones a sacarle la mierda por lo que me ha hecho? Se ha robado lo que es mío... Yo no le di permiso, papi... —traté de razonar con él.

—Que te casas y ya. ¿Oíste? Voy a negociar con su padre ahora mismo.

—No, Roberto. Yo no voy a permitir este matrimonio. Es *contra natura* —intervino mi mamá. Sus ojos desorbitados lo decían todo.

—Que se me van a la tienda de novias mañana mismo y empiezan los preparativos.

—Mira Roberto, yo siempre he sido bien obediente contigo. Siempre he hecho todo lo que me has dicho. En la casa y en la cama he sido dócil y no te he dado problemas. Y mira adónde me ha llevado a mí: a ser una drogadicta que a veces no sabe ni qué día es, a ser una madre que no se preocupó por el bienestar de sus hijos, sino que te dejó hacer y deshacer como se te vino en gana. No lo voy a permitir. Me voy del país mañana mismo, y me llevo a Micaela.

—Que se me van a la tienda de novias… o veremos qué le pasa al querido Héctor —contestó mi papá, sabiendo que tenía las de ganar.

—Mamá, déjalo. Déjalo, por Héctor, mamá…Yo no puedo permitir que le suceda nada… Yo lo amo… lo amo… —lloré, entendiendo que tendría que resignarme a obedecer las órdenes de mi papá.

Escuché que mi papá le pegaba a mi mamá esa noche en su habitación. Los alaridos resonaban por toda la casa. Asumí que la mató, porque al día siguiente mi mamá ya no estaba y nunca más la volví a ver. Me enteré después que él la internó en un manicomio.

❧❧

La preparación de la boda fue veloz. Lo único que mi papá quería era unir las dos fortunas y afianzar su poder. Al parecer, Felipe había quedado muy contento con la prueba que le dio a mi cuerpo y estaba dispuesto a tomarme como su mujer.

Yo, por más que trataba de complacer a un padre que odiaba, casándome con un hombre que me violó y que ni siquiera fue amonestado por lo que yo consideraba una falta grave, no podía salir de la depresión en la que me hallaba.

La mañana del día anterior a la ceremonia nupcial decidí ir a buscar a Héctor. Le contaría todo. Le pediría que me perdonara. Le rogaría que escapara conmigo. Salí dispuesta a nunca jamás regresar a ese lugar, a nunca más ver a mi familia.

Con la excusa de hacer unas compritas de última hora para mi nuevo hogar, le pedí a Patricio que me dejara en una tienda de electrodomésticos. Cuando quedé sola, me escabullí por la puerta de atrás.

Logré mi libertad por unas horas, pero no pude encontrar a Héctor. Patricio, en cambio, me encontró a mí.

Cuando me llevó de regreso al tribunal del Verdugo Granada, yo temblaba. Entendía que mi padre no me dejaría vivir después de lo que hice. Él podía predecir que seguiría intentando fugarme, así estuviera casada con Felipe Gallardo. El Rey de la Colina no iba a permitir esa afrenta, esa insubordinación por parte de su propia hija.

«A los rebeldes hay que ejecutarlos de inmediato», siempre le había escuchado decir. Me tocaba ser eliminada.

Llamó a Elisa y a Ernesto a su despacho. El pelotón de fusilamiento estaba completo.

—Elisa, tu hermana es una traicionera que, a pesar de que se le da todo, hasta marido en bandeja de oro, prefiere rechazarnos —dijo mi padre con la mirada fija en mí.

Yo estaba amarrada a una silla en su estudio. Reconocía que de esa no me salvaría.

—Voy a permitirle a esta ingrata que rechace la oferta de matrimonio de los Gallardo y te la voy a ofrecer a ti, mi buena hija —continuó.

Su mirada tenía tanto odio. ¡Nadie cruza a Roberto Granada!

—Yo sí me casaría con Felipe Gallardo, papi. Micaela no sabe lo que se pierde —contestó mi hermana mirándome de reojo. No supe si sentir pena por ella o aborrecerla por ponerse del lado del enemigo. ¿Dónde estaba la hermana que fue mi mejor amiga?

Mi papá se acercó a Elisa y le dio unas palmaditas en la cabeza, como quien premia a una mascota. Ella lo besó en la frente, se quedó a su lado, se notaba que estaba ansiosa por demostrar su lealtad, por ser la buena hija, la que contrastaba conmigo. Incluso casarse con un degenerado no le era problemático con tal de no caer en la lista negra de su papito. Mi papá sonrió. Le gustaba la maleabilidad, la personalidad servil de mi hermana. Elisa prefería ser su tonta útil que morir defendiendo sus ideales.

—¿Sabes lo que hago con los que me traicionan? ¿Crees que no me he enterado de tus protestas contra las armas, contra las guerras, contra lo que te da de comer? Ingrata, malparida… igualita que la madre: una desagradecida —dijo, tirando de mi pelo con tanta crueldad que pensé que me rompería el cuello ahí mismo.

—No sucederá de nuevo —contesté tratando de calmarlo, de salvar mi vida. Ya buscaría alguna otra manera de irme, de huir.

—No va a suceder porque te voy a dar ese viajecito fuera del país que tanto querías. Llévensela —ordenó a sus matones.

Esa noche fue la última vez que los vi.

Sus hombres me maniataron, me vendaron los ojos y me pusieron en una caja, una cárcel portátil donde pasé los siguientes días temiendo por mi vida, sintiendo que moriría de sed o de inanición antes de llegar a mi destino final.

La caja era de metal y dejaba pasar apenas un poco de aire y algunos rayitos de luz. Sentí que me llevaron a lo que podía ser un puerto. Yo gritaba desde adentro, esperanzada con que alguien me escuchara, pero los ruidos de las grúas y de los trabajadores ahogaban toda ilusión de salvación. Sentí que la caja era levantada unos cuantos minutos por el aire. De rato en rato mi prisión se bamboleaba, tumbándome al suelo cada vez que intentaba ponerme de pie para lograr mirar a través de una de las rendijas cerca del techo. Me sentí mareada y desorientada. No sabía para qué lado estábamos yendo. Si este era en efecto un puerto, la caja donde estaba debía ser un contenedor. Me pregunté a qué lugar me estarían enviando. La celda de metal por fin fue colocada en su destino final. Reposé.

Me senté a esperar el siguiente movimiento. Sabía que esas bien podían ser mis últimas horas en el planeta. Para distraerme, me concentré en todos los recuerdos bonitos de mi vida. Pensé en Elisa, cuando todavía era mi amiga. Pensé en Sol, antes de que explotara en mil pedazos y se quedara colgada en aquel árbol, el ojo derecho todavía abierto y mirándome desde allá arriba, sin poder creer lo que le había sucedido. Pero, sobre todo, pensé en Héctor, en nuestras escapadas, en nuestro desencanto con el Gobierno y la carrera armamentista, en nuestra ilusión de por lo menos poder hacerles bien a quienes nos tocara remendar en el hospital. ¿Estaría todavía vivo? ¿Lo habría mandado a matar el Almirante Venganza?

...La cobardía es asunto de los hombres, no de los amantes... Los amores cobardes no llegan a amores ni a historias, se quedan allí... ni el recuerdo los puede salvar, ni el mejor orador conjugar... Las letras de las canciones me hicieron fantasear que estaba con Héctor de nuevo. Canté sin descanso hasta que advertí que partió el barco. *...Sólo le pido a Dios que el engaño no me sea indiferente... Si un traidor puede más que unos cuantos, que esos cuantos no lo olviden fácilmente...* Quería salir de ahí, tener las fuerzas para alcanzar a hacer algo para anular a mi papá. Cantando sentía que por lo menos le estaba enviando mis deseos. *...Ojalá se te acabe la mirada constante, la palabra precisa, la sonrisa perfecta... Ojalá pasé algo que te borre de pronto...* (y que suceda en poco tiempo, por el bien de la humanidad, General Perdición).

Me arrullé. Me calmé. Me quedé dormida. No sabía qué hora era, ni adónde iríamos. Soñé con Héctor. Su presencia me mantuvo viva en ese calabozo en el que pasé dos días en alta mar y dos en carretera, a bordo de un camión de transporte.

Mientras me encontraba en ese encierro, empecé a distinguir un acento diferente en las voces de mis captores. Palabras que desconocía se entremezclaban con malas palabras que tampoco conocía. Por el tono que usaban, yo podía adivinar que se estaban puteando. En todo ese tiempo solamente escuché voces de hombres. Hacía mucho calor y yo estaba entrando y saliendo de lo que, penosamente admití, eran desmayos causados por el hambre y la sed. El miedo se me había pasado. Mi cuerpo estaba muriendo en esa oscuridad. Ya lo había aceptado.

Estaba desmayada y bañada en sudor cuando por fin abrieron el contenedor. Me echaron un baldazo de agua fría y sucia para despertarme.

—Última parada. Aquí te quedas —dijo un hombre greñudo, vestido con uniforme militar.

Otro hombre abrió el candado que sujetaba las cadenas con que me tenían amarrada en la celda.

—¿Dónde estamos? —pregunté, adaptando mis ojos a la luz del sol que no había visto durante días.

—Bienvenida a Colombia. Estás en el territorio de las FARC. Muy peligroso. Buena suerte —contestó el primero, riéndose.

Sin decir más, se subieron al camión y me dejaron moribunda en medio de la selva colombiana, sin nada ni nadie.

Sabía que mi padre era brutal, pero abandonarme en zona de guerrilla era desalmado. Libre en un territorio que desconocía, sin ninguna protección, sin guía, sin comida. Era igual que haberme sentenciado a morir.

Pero no me iba a dejar vencer tan rápido. Si podía salir de esa situación, si lograba caminar de regreso hasta Venezuela, sería libre para buscar a Héctor. La alegría de ese pensamiento me devolvió el ánimo. Me sentí llena de optimismo.

Con renovada energía, saqué fuerzas de donde no tenía y empecé a caminar. Mi prioridad en ese momento era encontrar agua, un arroyo, un riachuelo, un río… cualquier fuente de agua. Si pensaba sobrevivir, necesitaba hidratarme.

Los bosques frondosos. Los árboles altos. La tupida vegetación. Lo que llamamos selva, el pulmón del mundo, la Amazonía, es exuberante y espectacular cuando la vemos en la televisión, cómodamente sentados, disfrutando de un dulce jugo con fruta picada que nada sobre hielitos perfectamente cilíndricos. En la vida real, cuando acabas de ser liberada después de un viaje de varios días, durante los cuales no has comido ni bebido nada, esta belleza se convierte en otro captor.

Caminé en círculos por horas. Cuando decidí detenerme, aproveché para quitarme por un momento los zapatos de tacones. Mis pies se veían hinchados y llenos de llagas. Examiné mis brazos desnudos y constaté que la totalidad de mi piel estaba cubierta de ronchas, los mosquitos se habían dado un festín conmigo. No estaba vestida para aquel lugar. Mi padre lo sabía. El Mariscal Sadismo conocía con exactitud lo que me esperaba en aquella jungla. Seguro que mientras yo moría lentamente, él disfrutaba en casa de un refresco de parchita, sentado al lado de la piscina, mientras hacía planes de boda con Elisa.

Pensé en Héctor. Percibí mi corazón palpitando, reviviendo. Su imagen me mantendría viva.

Intenté afinar mi oído, me dije que tal vez podría escuchar el agua corriendo. Pero los malditos pájaros y los monos hacían tal bululú que era difícil escuchar mis propios pensamientos.

Al caer la noche, me di por vencida. Buscaría agua de nuevo en la mañana.

Encontré un árbol con ramas que se extendían como una casa. No podía ver nada, pero tanteé con la mano para asegurarme de que no hubiera animales habitando ese tronco. Me senté. La oscuridad era densa. Tenía tanta sed, tanta hambre. *Si pudiera, me comería un animalito*, pensé. Una vez vi en un documental que los indígenas comen ciertos bichos de la selva. Me imaginé merendando insectos asados en una fogata que encendería apenas descubriera cómo. La idea me produjo arcadas.

Elucubrando un plan para sobrevivir, me quedé dormida.

Una lluvia torrencial me despertó. Se me hizo el milagro del agua, y ahora me ahogaba en un río que se formaba rápidamente sobre la tierra. Me aprecié desplazar con rapidez. Agitando los brazos traté de mantenerme a flote, de nadar. ¿Hacia dónde estaba braceando? Cuando por fin me calmé, cedí a que la corriente me arrastrase. Tal vez terminaría en algún pueblo cercano y podría ser rescatada. Tomé grandes cantidades de agua y me relajé.

El agua de lluvia me botó unos cuantos kilómetros más abajo, cuando desembocó en un río de verdad. Nadé hasta la orilla. Ya amanecía.

Me senté sobre una piedra para secarme. Necesitaba encontrar algo, un receptáculo en donde guardar agua para el camino. Flaqueaba. Sentía mi cuerpo descargado de energía. Requería con urgencia comer aunque sea unos mendrugos. Recordé que en la Escuela de Enfermería nos dijeron que, para sobrevivir, el cuerpo humano necesita del agua más que de la comida. Se puede subsistir semanas sin comer, pero solamente días sin tomar agua.

Encontré basura cerca de la orilla del río. Para mi felicidad, dentro de los desperdicios hallé un recipiente que, una vez lavado, quedó perfecto para guardar un par de litros de agua. *Donde hay desperdicios, hay humanos*, me dije, y empecé a caminar con la ilusión de encontrar algo, un pueblo, un villorrio, un campamento… aunque sea a una persona… si encontraba a otra persona estaría feliz.

Ya había olvidado lo primero que me dijeron los energúmenos que me dejaron abandonada en aquel lugar: territorio de las FARC. Las FARC son las Fuerzas Armadas Revolucionarias de Colombia, un grupo de insurgentes anti Gobierno que son considerados terroristas. Se decía que el Gobierno venezolano estaba en la cama con ellos. Probablemente mi papá era su proveedor de armas. *¡Qué ironía!*, me dije.

Al rato de caminar, encontré una barra de chocolate en el suelo. La miré varias veces. No podía creer que estuviera ahí, como esperándome. Seguro que se le había caído a alguien de la mochila. La recogí. Estaba derretida, pero no me importó. Abrí la platina y me atraganté con el líquido marrón.

Comer tan deprisa, después de pasar varios días sin nada en el estómago, me dio dolor de tripas. Tomé unos cuantos tragos de agua para bajar la comida y así atenuar el malestar.

Seguí caminando. Me detuve porque los retortijones en los intestinos me fastidiaban mucho. *¿Cómo es que un poquito de chocolate derretido puede causar una erupción volcánica?*, me pregunté. Miré para todos lados. Aparte de los macacos no veía a nadie a mi alrededor. Siendo la primera vez que me tocaba hacer mis necesidades en plena naturaleza, me sentí púdica, así que me escondí detrás de unos arbustos y me bajé los pantalones para dejar que los efluvios salieran antes de que me matara el dolor.

Fue en ese momento que los vi: un grupo de hombres jóvenes, vestidos de militares, cargando rifles. Venían riéndose, contándose chistes. Se acercaron a las matas, se bajaron las braguetas y empezaron a orinar. Tuve que ponerme la mano sobre la boca para no gritar del disgusto al sentir esa lluvia tibia de orín grupal mojando mi cabeza. ¡Lo último que quería era ser capturada por guerrilleros colombianos!

Me quedé en cuclillas, quieta como una estatua, hasta que los sentí irse. Verlos me dio curiosidad. Me pregunté si iban de paso o si tal vez su campamento estaría cerca. Aunque era lo más peligroso que se me podía ocurrir, decidí averiguar.

En efecto, el campamento estaba situado a poquitos metros.

Me escondí detrás de unos árboles para espiarlos. Permanecí así todo el día. Los vi ir y venir. Conté veinte personas, entre ellas cuatro mujeres y dos pequeños. Tenían cuatro carpas para dormir, una carpa para cocina y una que servía de oficina. Su situación doméstica precaria contrastaba con el arsenal de rifles, fusiles, ametralladoras de diferentes modelos, cartuchos de dinamita y hasta granadas de mano a disposición de todos, hasta de los dos niños.

Parte del día se lo pasaron en entrenamiento, trotando en una senda alrededor del campamento, mientras cargaban las pesadas mochilas y sus armas. Al estilo militar, el comandante iba gritando arengas y todos respondían repitiendo lo que él acababa de decir. Por la tarde tuvieron sus charlas de adoctrinamiento. Todo era blanco y negro por lo que escuché desde donde me escondía. Los malos eran los ricos y el Gobierno colombiano, aliado en ese entonces con Estados Unidos. Ellos eran los buenos, los defensores del pueblo y del pobre, los idealistas que cambiarían el mundo, así lo tuviesen que hacer a balazos. Recordé a mi padre y a Héctor. Ambos quedaron representados en aquella conversación. Aunque en grupos opuestos.

—¿Qué está haciendo? —dijo una voz detrás de mí. Tenía la bayoneta de su fusil en mi cuello—. ¡Intrusa! ¡Una espía! —gritó antes de que pudiera responderle.

Se acercaron todos corriendo hacia donde estábamos, en los matorrales. Yo seguía en cuclillas, con el fusil a mi espalda.

Cerré los ojos y encomendé mi alma.

—Levántala y tráela para acá. Ya llega César del pueblo —dijo una mujer como de mi edad, apuntándome también con su pistola. La 'compañera' tenía la piel curtida por el sol, pero no había perdido su hermosura.

Pensé en Sol. *Se la vería así, si todavía estuviese viva. ¿Se hubiese convertido en Miss Venezuela o se hubiese unido a la guerrilla, como esta mujer? La desesperación hace que la gente acepte modos de vida que no son 'normales',* me dije.

El hombre parado detrás de mí me jaló de la blusa para levantarme. Luego, de un empujón, me hizo caer de rodillas delante de la mujer.

—¿Y usted quién es? ¿Quién la envía? —preguntó ella.

—Micaela, señora... No me envía nadie. Estoy perdida.

El grupo se desternilló de risa por un buen rato. Cuando se cansaron, apuntaron sus armas nuevamente hacia mí.

—No se haga la pendejita, que está jugando con su vida —dijo la mujer, colocándome la pistola en la frente—. ¿Para quién está guindando?

—¿Qué? No entiendo qué tiene que ver guindar con... —contesté yo temblando, tenía muy presente que en la definición de una palabra, tal vez en el uso de una palabra en diferentes países, colgaba mi vida entera.

—Espiar, comemierda verraca. ¿Qué? ¿Usted no es de acá? ¿Qué me va a decir? ¿Que ahora nos están mandando metiches extranjeros? —dijo levantándose y apuntando su pistola.

—Debe ser gringuita… Mátela de una buena vez —dijo un joven que cargaba una metralleta más grande que él.

—¡No! ¡Por favor, no, se los suplico! No sé nada de espías ni de guindar. Yo estoy perdida. Por favor, por favor, créanme. Soy venezolana… —expliqué con una voz entrecortada por el pavor de saber que en cualquier momento me dispararían. Las lágrimas me corrían por los ojos. Levanté la cabeza y los miré de frente. Quería que ellos vieran que estaba siendo sincera.

—¡Levántese! —ordenó la mujer bajando su pistola.

Un milagro. Algo de lo que dije o hice la convenció de dejarme vivir, al menos por el momento.

—¿Cuál es su historia, entonces? —preguntó la mujer, sentándome frente al grupo como si estuviera ante un tribunal. Dejó la pistola reposando sobre sus pantalones militares. Los otros, en cambio, seguían apuntándome, dispuestos a disparar con solo una orden.

—Mi papá mandó a sus hombres a que me dejaran en la selva colombiana. Es castigo por no casarme con el maldito que él escogió para mí.

—¿Su propio padre la dejó en pleno territorio de la guerrilla, a propósito?

—Precisamente.

—¿Sabiendo que podría morir?

—Esa era su intención.

Les conté toda mi historia, de comienzo a final. Eso sí, me tomé la libertad de saltarme las partes que hubieran revelado que mi papá era vendedor de armas y un hombre multimillonario. No creí que divulgar esa información me fuera conveniente.

Para cuando César llegó al campamento, horas más tarde, mi estadía para esa noche parecía estar resuelta. La mujer le explicó quién era yo. Él no se inmutó. Venía con problemas más serios. Esa tarde, de camino al campamento, él y sus hombres fueron emboscados por el ejército. Él logró escapar intacto, pero traía a dos heridos.

—Soy enfermera. ¿Puedo verlos? —dije, calculando que si con eso los beneficiaba, entonces los convencería de mi inocencia.

César me indicó que lo siguiera a la carpa que usaban como oficina y, a veces, como en esa situación, como hospital. Caminé con él. Colocaron a los heridos sobre las camas de campaña. Me acerqué para verlos. La mujer me alumbraba con una lámpara a querosene que inundaba el lugar con un humo tóxico. Un hombre me trajo una bandeja con los suministros básicos.

—Las heridas son profundas. Y uno de ellos tiene una bala que debo remover —dije—. ¿Tienen alguna manera de anestesiar?

Otro hombre me entregó una botella con aguardiente.

—¿Funciona? —pregunté, temiendo no poder cumplirles con parchar a sus amigos.

—Siempre —contestó Cesar—. Dele trago y pásele la toalla pa' que muerda el dolor. Aquí todos somos machos, señorita Venezuela.

Trabajamos en los hombres durante horas. Por momentos parecía que se nos iban para la otra vida, pero luego, asombrosamente, regresaban. Estaba agotada y empapada en sudor cuando terminamos de coserlos. César me sirvió un vaso con aguardiente y se fue para su carpa con la mujer que se parecía a Sol.

No me amarraron ni me mantuvieron presa. Escuché a alguien comentar burlonamente que si era verdad lo que yo decía, si me escapaba terminaría de comida de los animales de rapiña, así que no pensaban que yo me iría por mi propia voluntad. Al día siguiente, temprano, tuvieron una reunión y decidieron mantenerme en el campamento hasta que pudieran intercambiarme por algo o alguien de mayor valor. Mientras tanto, me dieron el cargo de enfermera del grupo.

La vida en el campamento transcurrió sin mayor cambio ni sobresalto. Nunca vi una batalla y me fue fácil excusarme de actividades de adoctrinamiento o planeamiento de ataques. Dentro de todo, mi cautiverio en la selva colombiana fue tranquilo en comparación con mi vida al lado del Emperador Metralleta.

Me acostumbré a su rutina y a los pocos días empecé a participar en el entrenamiento físico. *Así por lo menos me mantengo en forma y tengo algo que hacer. Ya tendré oportunidad de escapar si me dejan acompañarlos al pueblo*, me decía a mí misma por lo menos una vez al día.

Ayudaba también con los chequeos físicos, supervisando los embarazos de las mujeres, y despiojando a los niños. En mis tiempos libres, que eran muchos, les enseñaba a leer y a escribir en clases de grupo. Los materiales de lectura eran escandalosamente 'colorados', pero prefería mantener mi mente activa leyendo aunque sea aquellos panfletos que pasarme las jornadas contando las horas en una celda oscura.

✍✍

Un día llegó César con la noticia de que me llevaría para la capital, que había hecho un trato y ya me podían dejar ir.

—¿Qué tipo de trato? —pregunté entusiasmada con la idea de ver una ciudad de nuevo, pero al mismo tiempo asustada por el cambio. Mi vida en el campamento era, por describirlo de alguna manera, reposada. Y aunque nos teníamos que mudar con frecuencia debido a que el ejército siempre andaba cerca de encontrarnos, los guerrilleros me habían tratado de manera bastante decente, que es más que lo que podía decir del Presidente Cartucho.

César no me contestó. Me permitió despedirme del grupo y luego partimos.

Tampoco dijo mucho en el camino, y cuando llegamos a Bogotá me entregó, como si fuera un paquete, a un individuo que lo esperaba en la puerta de un hotel de mala muerte, en el centro de la ciudad.

César recibió un fajo de billetes cuando hicieron el intercambio, me miró con pena, como tratando de disculparse por lo que me estaba haciendo, y, sin decir nada, regresó a su automóvil, me miró de nuevo desde ahí y luego se marchó.

El hombre no me saludó. Me tomó del brazo y me arrastró un par de pisos para arriba hasta llegar al último cuarto al final de un pasillo.

Abrió la puerta. Para mi sorpresa, la habitación estaba llena de mujeres. Algunas parecían recién llegadas como yo, otras se estaban preparando para salir. Por lo que vestían y la manera como estaban maquilladas, me dio la impresión de que eran prostitutas.

—Esta es Micaela… sin apellido…—dijo el primer hombre a otro sentado en un sofá inmenso. Varias de esas mujeres vestidas extravagantemente lo rodeaban.

—Muy mojigato el nombre —contestó el hombre sin inmutarse para nada cuando una de las mujeres hundió la cabeza entre sus piernas—. ¿Qué tal 'Micky LaGrande'?

¿Qué tal NO?, contesté en mi mente. Ya extrañaba a los guerrilleros.

—Acomódate, Micky. Toma asiento. Debes estar cansada del viaje tan largo… —se burló el hombre—. Puedes llamarme 'Papi'. Oye, Kandy, búscale algo más apropiado que ponerse a Micky —le dijo a una de las mujeres que se estaba sobando contra él.

La chica, que probablemente no tendría más de quince años, dejó lo que estaba haciendo y se fue para una de las alcobas. Regresó con un pantaloncito corto de cuerina blanca, de esos que tienen el corte casi encima de las nalgas, y una blusita negra transparente.

—¿Y los zapatos? No seas bruta, pues, hazle el servicio completo… —urgió el hombre.

—¿Talla? —preguntó Kandy, molesta por la complicación.

—37 o 38…

Kandy se fue de nuevo para la habitación de adentro y regresó con unas sandalias doradas de plataforma.

—Póntelos —dijo Papi.

Yo agarré el vestuario, el disfraz debería decir, que me trajo Kandy y empecé a caminar para adentro, buscando dónde cambiarme.

—Aquí —ordenó Papi deteniéndome.

—¿Aquí? —contesté aterrada.

—Ajá… Yo compré sin probar el modelito… Lo mínimo que puedes hacer es mostrarme. Lo haces aquí o nos vamos juntitos pa'l cuarto...

Empecé a desvestirme delante de él. Traté de imaginar que estaba cambiándome para hacer gimnasia en el colegio. Miré hacia la pared, detrás de Papi había un cuadro que mostraba una familia en la playa, me concentré en esa imagen, me vi con esa familia en un día de sol, y no en aquella habitación, delante de ese personaje que decía haberme comprado.

¿Seré una especie de esclava ahora?, me pregunté, perdiendo la concentración.

Papi dejó de mirarme al rato y regresó a lo que estaba haciendo con las chicas del sofá. El hombre que me recibió en la calle me llevó a una habitación contigua, en donde tenían a otras mujeres, y cerró la puerta con candado.

Diez pares de ojos me miraron con anticipación desde diferentes puntos de la alcoba. Era un cuarto grande para ser de un hotel. Parecía que habían tumbado una pared para convertir dos piezas en una sola. No había suficientes camas para todas. Conté solamente cinco y ahí estábamos once. Los cobertores tirados en el piso me dieron la indicación de que algunas dormían sobre la alfombra. Me dije que de seguro a mí me tocaría suelazo por ser nueva.

—Soy Micaela —saludé, y me quedé de pie donde estaba.

—¿Qué nombre te puso Papi? —preguntó una morenita muy agraciada que parecía de armas tomar.

—Micky LaGrande —contesté nerviosa de decir algo que las ofendiera.

—Nombre en inglés con algo grosero... Ese Papi no tiene imaginación...

—¿Y la ropa? ¿Es de Kandy, seguro? —preguntó una que tenía acento extranjero.

—Sí...

—Su preferida... —dijo una tercera, sin levantar los ojos de la revista que estaba leyendo.

—Me podrían decir... ¿Qué es este lugar? —pregunté, muerta de miedo de la respuesta.

—¿No sabes? —se rió la morenita—. Perdona mis modales, mi nombre es Fátima. Papi me bautizó *Culie de Froggue*…

—Culo de rana —se rió otra.

—No creo que eso sea… No. No importa. No me hagan caso —dije.

—¿No eres colombiana, no? —preguntó la del acento.

—Venezolana.

—Yo tampoco soy de acá. Vine a Colombia de visita, de turista… Papi me compró de un secuestrador.

Me quedé mirándola sin entender todavía dónde estaba y quiénes eran aquellas mujeres.

—Secuestrador. Mujeres vestidas como prostitutas. Saca tu cuenta, querida —dijo la que se había reído.

—¿Quieres decir que todas… que todas nosotras…?

—Ajá…

—¿Que todas nosotras trabajamos para este tipo, para este Papi?

Antes de que me pudieran contestar, una jovencita empezó a toser convulsivamente. Estaba tirada en la cama del centro del cuarto. Se la veía congestionada, enrojecida por la falta de aire.

Me acerqué a ella para diagnosticar sus males. La niña no cesaba de toser. Se estaba ahogando de asma.

Una de las chicas le pasó un vaso con agua, pero no la alivió en nada.

—Tiene asma. ¿Dónde está su inhalador? ¿Su aparato para cuando se pone mal? ¿Nunca lo han visto? —pregunté, tratando de calmar a la jovencita, sentándola para ayudarla a que respirara mejor.

Seguía morada. Si no le conseguía medicina pronto, ese ataque podía ser el último para ella.

Corrí a la puerta y grité:

—¡Una de las chicas está muy mal! ¡Ábranme la puerta! ¡Hay que llevarla a un hospital!

Como no respondían, salté hacia el otro lado de la habitación, buscando una ventana que pudiese abrir para pedir socorro a los transeúntes. Me encontré con que todas las ventanas estaban tapiadas con maderas. No existía manera de salir de esa recámara.

—¡Ábranme la puerta! ¡Si se muere no pueden sacar dinero de ella! ¿A quién le van a vender una puta muerta? —grité de nuevo.

Las otras se acercaron y se pusieron a gritar conmigo, hasta que armamos tal barullo que tuvieron que abrir antes de que los vecinos vinieran a quejarse por el bullicio.

—Ya. Ya. ¿Quién es la enfermita, que me la culeo y la sano ahorita…? —dijo Papi cuando abrió la puerta. Kandy seguía colgada de él, como un pendiente de mal gusto.

—Es Lupita —dijo Fátima, dejándolo pasar hasta la cama del centro.

—¿Qué te pasa, Virgincita? —preguntó Papi, agachándose sobre Lupe hasta pasarle la lengua por la frente—. No tienes fiebre.

Lupe le tosió en la cara y empezó a ahogarse de nuevo.

—No es fiebre. Tiene un ataque de asma. Necesita su medicina. ¿Tienen un inhalador? —contesté, haciendo un gesto para demostrar lo que buscaba.

—¿Esto? —dijo el otro hombre, sacando el aparato de su bolsillo.

—¡¡¡Sí!!! —exclamé, arranchándoselo de las manos y llevándoselo a Lupe.

Lupe se puso el inhalador en la boca, aspiró una nubecita de medicina que salió del aparato y cayó rendida en la cama.

Papi me miró sorprendido.

—¿Cómo supiste lo que tenía?

—Soy enfermera.

—Enfermerita, ¿eh? Capaz tenga otro trabajito para ti…

❦

Estudiar enfermería no fue mi primera elección… ni mi segunda… ni mi tercera… pero me salvó la vida nuevamente en ese hotel de Bogotá. Papi me trató con respeto desde ese punto en adelante. Nunca me envió a caminar las calles con las otras chicas, ni me pidió que hiciera nada con él ni con ninguno de sus hombres, sino que me tuvo haciendo curaciones, lavaciones, despiojados y pequeñas intervenciones. Y para ayudarlo a mantener a las chicas fuertes, energéticas y juveniles, me encargó que las pusiera en un régimen especial de nutrición y ejercicio.

No vi la luz del sol ni hablé con una sola persona en la capital. Según mis cálculos, habían pasado unos dos años desde que mi padre me desechó, como si fuese basura, en la selva de Colombia.

Al poco tiempo de caer en manos de Papi, él inició un nuevo negocio: novias colombianas. Por un precio módico, o lo que él llamaba 'costos de operación', su empresa prometía las mujeres más hermosas de Colombia, enviadas a cualquier lugar del mundo. Fátima fue la primera en irse. La del acento extranjero la siguió. La vendieron a un ruso para asegurarse de que no pisara los Estados Unidos y les trajera tamaño problema. Papi me sorprendió cuando me dijo que me había encontrado un novio. Yo ni sospechaba que estaba entre las mujeres en venta. Figuraba que debido a que yo era mucho mayor que las chiquillas que me rodeaban, mi puesto sería de enfermera para siempre. Pero cuando Papi me dio la noticia, no se me ocurrió siquiera protestar. Ya había aprendido a no pelearla. Sobrevivir era lo más importante, lo primero. Ayudar a las chicas en lo que pudiese, lo segundo. Nada más tenía importancia. Papi y sus gorilas me habían domado.

Ni siquiera pregunté adónde iría, ni cómo se llamaba mi futuro esposo. No quise saber si era guapo, si era bueno, si hablaba castellano, qué tipo de trabajo hacía, si me trataría bien. Asumí que me llevarían a un lugar del cual no podría escapar, que el hombre que me estaba comprando no tenía otra manera de conseguir una mujer que pagar por ella, y que, por lo tanto, lo que enfrentaba era una condena perpetua sirviendo los deseos y perversiones de alguien a quien yo no quería, y estaba segura que no llegaría a querer. Me pregunté si podría soportar vivir al lado de un sádico egocéntrico y narcisista como Roberto Granada, como Felipe Gallardo, como mi hermano Ernesto. Temblé al pensar en mi futuro.

La noche antes de partir soñé con Héctor. Yo iba hacia él. Lucía hermosa con mi traje de novia. Era un vestido humilde, prestado de la dueña de una tienda de dulces. Una boda en una iglesia pequeña de algún pueblito donde nadie nos encontraría. Solamente él y yo, el sacerdote y Dios participamos en la ceremonia. No se necesita a nadie más cuando el amor llena todo el santuario.

Conocí por fin las calles de Bogotá cuando me transportaron al aeropuerto. No dije nada a ninguna de las autoridades. Me acompañaba en el vuelo un tipo que no conocía. De camino al aeropuerto hicimos una parada en una callecita y, ahí mismo, a plena luz del día, me hizo una demostración de lo fácil que sería para él matarme con más nada que un movimiento de sus manos sobre mi pescuezo. Le dije que no tendría que haber matado a nadie para garantizar que no me iba a escapar. Le dije también que podía contar conmigo, que me portaría bien, que haría todo lo que me dijese, que no pediría auxilio. Estaba resignada. Así fuese rescatada, ¿quién me iba a querer? Yo era un producto dañado, *damaged goods,* como dicen los gringos.

El hombre no me creyó. Me drogó antes de llegar al aeropuerto. Lo suficiente como para que pudiera pasar por todos los puestos policiales y de inmigración con una sonrisa de idiota relajada. Antes de empezar el vuelo, me hizo tomar una pastilla para dormir. *Mejor así,* me dije a mí misma. *Así no tengo que pensar. Puedo soñar con Héctor.*

El hombre me despertó antes de que llegáramos a nuestro destino final. Me entregó un maletín y me dijo que fuese al lavabo para cambiarme y arreglarme.

—No te olvides de maquillarte y de cepillarte el cabello. Tienes que estar muy bonita para tu futuro esposo —dijo, con una sonrisa siniestra.

Lloré mientras me cambiaba. Me calmé antes de salir.

Llevaba puesta una falda recta, color gris, una blusa roja de seda de manga larga con un cuello de bobos muy a la moda, zapatos negros, cerrados, de tacón, de una marca conocida. Me puse las argollas en el asiento. El hombre me entregó un anillo de compromiso: diamantes de, por lo menos, un quilate.

—Ves qué fino tu anillo: ese hombre te debe adorar —dijo, burlándose de mí —. La mayoría de mujeres haría lo que fuese por un anillo como este. No me hagas regresar a cortarte la mano. Te portas bien con tu marido. Recuerda la promesa matrimonial: para amarte y respetarte… y culearte, todos los días de tu vida.

—Ya te he dicho que no se tienen que preocupar por mí —contesté sofocada por los nervios.

Llegamos a Miami. El novio no nos esperaba en el aeropuerto como yo había asumido. El hombre me explicó que la transacción se hacía en un hotel en el centro, sin testigos.

Un automóvil nos esperaba a la salida del aeropuerto y nos llevó hasta el hotel. Antes de bajar, el hombre me dijo que me pusiera más maquillaje y me obligó a tomar otra pastilla.

—No quiero que estés toda nerviosa cuando te encuentres por primera vez con el 'amor de tu vida' —explicó, mientras se reía con el chofer.

—Así es más rico, Micky... Así tu papito lindo no tendrá que forzarte para abrirte. Tú misma te vas a ofrecer como buena putita que eres —dijo el conductor, pasando su mano por mi rostro.

Me sentí asqueada. Hubiese querido correr, gritar, pedir auxilio, pero me sentía ida, como si todo ocurriese un poquito en cámara lenta.

Me dejé llevar por el hombre hasta el octavo piso del hotel. Cuando llegamos a la puerta de la habitación en donde me iba a entregar, el tipo que me acompañó en el vuelo se acercó con la excusa de arreglarme el pelo, pero, en lugar de eso, metió su mano caliente debajo de mi sostén y me manoseó por unos segundos.

—Impuestos —explicó, y tocó la puerta.

Un hombre joven salió a recibirnos. Su cara se encendió con alegría legítima cuando me vio.

Por lo menos no es un viejo horripilante, pensé.

Mi guardia se despidió por fin.

—Que lo disfrutes —dijo, y se fue riéndose.

—Mi nombre es Leonel. Entra. Te tengo una sorpresa —dijo gentilmente el que abrió, ofreciéndome asiento en un sofá en una salita.

Me senté. Di un suspiro. Comprendía que en cualquier momento empezarían las cosas raras.

Leonel se fue para la otra habitación. Lo escuché hablar con otro. «Listo», fue todo lo que alcancé a entender con claridad. Me sentía sucia, agitada, desesperanzada.

Advertí que Leonel caminaba de regreso al salón con otro hombre. Clavé la mirada en la alfombra. Me preparé para lo peor.

De pronto escuché una canción conocida inundando con esperanza la habitación. *La cobardía es asunto de los hombres, no de los amantes…* decía la letra.

Levanté mi mirada. De pie, delante de mí: Héctor.

—¿Te casarías conmigo? —dijo arrodillándose.

Viridiana Barruesta y la sed de atención

De pequeña pasé la humillación de nunca jamás ser la primera seleccionada para ningún tipo de equipo. Ni la primera, ni la segunda, ni la tercera. Última, o penúltima, parecía ser mi lugar en materia de quién me quería en su grupo. No importaba de qué. No importaba para qué.

Yo insistía en seguir probando mi suerte. Una y otra vez. Una y otra vez. Como si no pudiera creerlo y tuviera que volver a vivirlo, que caer derrotada de rodillas, para luego obligarme a ausentarme por unos días de aquella lotería y, enseguida, volver. En el equipo de voleibol, en el de ajedrez, en el de basquetbol. Una y otra vez era descartada, desechada, relegada a último lugar por los compañeros en los que depositaba toda mi fe. Olvidada en un rincón, deseando que alguien me escogiese. Esperando, sin esperanza, a que alguien se sintiera entusiasmado por mi presencia. Esperando a que alguien, cualquiera, levantara la mano y, apuntando hacia donde yo estaba, dijera las palabras con las que yo soñaba: «Tú, Viridiana. Viridiana, te necesitamos en nuestro equipo». Me sentiría especial en ese momento. Caminaría como por encima de las nubes hasta llegar al lugar iluminado por mil estrellas donde mi nuevo equipo me daría el encuentro, a unos cuantos pasos que hasta entonces parecieron infinitos, y todos abrirían los brazos de par en par para acogerme como una de las suyas.

Ni siquiera en mi hogar era elegida para nada. Mi mamá tenía su predilecta: mi tercera hermana. Mi papá prefirió a mi hermano desde su nacimiento. ¿Y el perro? Ese animal favorecía la compañía de mi hermana mayor. Solamente mis muñecas, mis Barbies adoradas, eran mis aliadas en esas décadas de tortura. Y sin embargo estoy convencida que, de haber podido, hubieran optado por pertenecerles a cualquier otra niña en el barrio. A cualquier otra, menos a mí.

Estoy segura de que nadie nunca se llega a acostumbrar a ser menos que el bote de basura. Pero, en mi caso, lo único que hizo cada rechazo fue alimentar esa ansia de ser querida, de ser adorada, de estar siempre presente en la mente de otros. Deseaba con toda mi alma ser como esos personajes centrales de las novelas, aquellos acerca de cuyas vidas todos quieren saber hasta los más mínimos e imperceptibles detalles, aquellos a quienes todos envidian porque en sus vidas hasta lo imperfecto es perfecto. Los mismos a los cuales, al pasar las páginas, aprendemos a querer o a odiar. Y hasta si los odiamos, lo hacemos porque son perfectamente odiosos. Aquellos que son inolvidables y celebrados. Los que siempre son recordados, aunque hayan pasado siglos desde que fueron creados.

Crecí queriendo ser reconocida y mimada, odiada y respetada. Crecí para ser aquella que escoge, en lugar de ser escogida. Aquella que tiene el poder, el cetro que edifica o que castra.

Cuando yo sea grande, nunca más seré relegada, condenada a esperar por toda una eternidad, sino que haré que otros esperen, que me rueguen con sus ojos, que levanten sus manos pidiéndome que yo los escoja, que los admita a habitar en mi reino. Cuando yo sea grande, seré yo la que mande y todos tendrán que hacer lo que yo diga, me decía cada vez que alguien me excluía. Esa fue mi promesa. La promesa de una niña sedienta de amor, de caridad, de bondad. De una niña que tuvo que apagar esa sed con tierra, con migajas, con las sobras de otros. Si ellos no me querían en su grupo, algún día les haría pagar por todas sus deudas. Y el porcentaje que me cobraría sería, sin duda alguna, uno de usurera.

¿Cómo te haces atractiva cuando sabes que por algún misterio de la naturaleza eres repelente?, me preguntaba frecuentemente. Encontré la respuesta a esa interrogante al terminar mis estudios universitarios. Veintidós largos años habían pasado. Una cadena perpetua para alguien de mi corta edad. Demasiado tiempo

condenada al rechazo mayoritario. Te llegas a acostumbrar, pero nunca perdonas los desaires, los malos momentos, el aislamiento, sabiendo que el mundo, tu mundo, podría ser diferente si solo te dieran una oportunidad de demostrar quién eres.

Había empezado prácticas profesionales de verano en una compañía de tamaño mediano. Me tenían en el departamento de Recursos Humanos, básicamente haciendo las tareas que nadie quería. Una tarde, mientras lamía el engomado de los sobres para los cientos de cartas que enviábamos a los postulantes a empleo que no recibirían ninguna oferta de trabajo de la empresa, escuché un ruido que venía de una de las oficinas vacías, en el sector izquierdo de mi piso. Al comienzo me pareció que algo se había caído, de modo que no le hice mucho caso. Al poco rato escuché otro ruido seco y largo, seguido de lo que parecía el crujido de bolsas de plástico. Al ver que nadie más levantaba la cabeza, continué lamiendo los sobres, colocándolos en una torre de correo que vendrían a recoger por la mañana. No había pasado ni un segundo cuando sentí una pequeña explosión que provenía del mismo lugar. Esta vez sí me levanté para ver de qué se trataba. Cuando llegué a la oficina al final del último pasadizo, me encontré con la sorpresa más grande de mi existencia: las cortinas y parte del escritorio se encontraban totalmente envueltos en llamas que amenazaban con extenderse hacia la alfombra y el resto de nuestro piso.

—¡Fuego! ¡Llamen a los bomberos! ¡Se quema la oficina! ¡Se quema todo! —acerté a gritar con toda la fuerza que pude mientras corría hacia mis compañeros. Estaba horrorizada, pero en ese preciso momento supe que por primera vez en mi vida sería la primera en algo.

Logramos salir rápidamente de la oficina y alertar a las otras empresas del edificio mientras bajábamos las escaleras de emergencia a toda carrera. Fue mi idea la de asignarnos a cada uno un piso que ayudaríamos a evacuar, de esa manera no nos demoraríamos tanto en avisar y seríamos los héroes de lo que podría haber sido una tragedia. Y todo se debería a mi agilidad de pensamiento y a mi reacción acertada durante esa emergencia.

Y así fue. Mi predicción obtuvo los resultados deseados.

Bastó una probadita de la droga del reconocimiento público para que me volviera una adicta. Desde que vi mi foto en el periódico y mi nombre nítidamente impreso al lado del titular: «Estudiante salva a cientos de morir en infernal fuego», en lo único que podía pensar era en cómo repetiría semejante hazaña.

¡Es increíble lo que puedes obtener cuando te conviertes en una celebridad! El cambio inaugural consistió en saltar de pasante a tener mi propio despacho. El recorte de periódico, elegantemente enmarcado en una moldura revestida con pan de oro, con un recuadro en la parte inferior, donde una plaquita explicaba el incidente con las palabras: «Viridiana Barruesta, Heroína del Edificio Caribe», fue lo primero que coloqué en la pared de mi nueva oficina. Encima del escritorio, una placa de mármol sobre madera de caoba, identificando mi nombre y mi puesto, me otorgaban el respeto que añoré con desesperación durante toda mi ingrata existencia.

El incidente del Edificio Caribe sirvió para catapultarme a un nivel de popularidad al que no estaba acostumbrada. Una tarde, después de una entrevista en una cadena a nivel nacional, recibí una llamada que cambió definitivamente mi vida.

—¿Señorita Barruesta? —preguntó la voz al otro lado del teléfono.

—A su servicio —contesté, temiendo que fuera otro pedido para ir a hablar con las niñas guía. Si no había cámaras o reporteros presentes, darles una charla a esas escuinclas simplemente no me interesaba.

—¿Viridiana Barruesta? ¿La del incendio en el Edificio Caribe? —insistió ansiosamente, tratando de confirmar mi estatus de celebridad.

—Sí señor… ¿En qué puedo servirlo?

—…Señorita Barruesta… es un honor contactarla. Soy su más ferviente admirador. Lo que usted hizo por toda esa gente… arriesgando su vida por otros, sin pensar en su propia seguridad, en su propia existencia… Señorita Barruesta… quiero conocerla y conversarle en persona acerca de un trabajo que creo que le gustaría mucho.

—Perdóneme que lo interrumpa… pero, ¿me dice su nombre? —contesté, sintiéndome ya empalagada por las adulaciones.

—Mi nombre es David Marrouni. Soy el dueño de una compañía de consultoría en seguridad. Estamos en el Edificio las Américas, en el centro. También soy el dueño del edificio. Entiendo que la acaban de ascender en su empresa, pero usted sabe que aquel es todavía un puesto de poca monta en una compañía sin importancia... en el mundo empresarial, esto es. Sería un honor contar con su presencia en nuestra humilde empresa. ¿Se imagina? ¡Una heroína trabajando en consultoría en seguridad! ¡Tenemos el trabajo perfecto para usted, señorita Barruesta! Sé que no soy el primero ni seré el último en hacerle una oferta de trabajo, pero quiero nombrarla mi supervisora asociada de Recursos Humanos.

—¿Supervisora asociada? —contesté en el tono más despectivo que pude musitar, mientras saltaba de dicha por dentro.

—Sería un honor… Señorita Barruesta…

—Bueno, sí, en efecto, estoy en este trabajo por el momento...

—Y un personaje como usted se merece algo mejor que lo que hace en este momento...

—¿Supervisora asociada?

—Supervisora asociada. Recién egresada de la universidad, es un puestazo. Tremenda oferta... Señorita Barruesta.

—¿Supervisora asociada? No sé si...

—Señorita Barruesta, usted no es solamente una heroína, sino que también sabe lo que vale. Pasó la prueba: el puesto es de directora —ofreció, sin dejarme terminar de decirle que el puesto de supervisora asociada era demasiado para la poca experiencia que tenía.

Así fue como en un mes pasé de practicante lame-sobres a directora de Recursos Humanos en nada menos que la Compañía de Seguridad para las Américas.

Colgué en la pared de mi nueva oficina el cuadro con el recorte de periódico. Lo miré con satisfacción. Una sonrisa apareció en mis labios. Reviví los momentos, las oportunidades que por fin se presentaron para mí luego de aquel incendio, las llamadas, las entrevistas, las consultas del alcalde de la ciudad, las invitaciones a los círculos más cerrados. Mis padres de repente me nombraron su hija favorita, desplazando a mis hermanos a ocupar el rincón desde donde hasta hacía poco yo solamente podía observar la felicidad de otros. Ahora sí se acordaban de invitarme a almuerzos y comidas familiares, y alardeaban acerca de aquella que trajo tanto honor a su hogar. El reconocimiento con el que soñé toda mi vida se hizo presente luego de aquel fuego... Y ahora, todo lo que deseaba, lo único que llenaba mis pensamientos eran estas preguntas: *¿Cómo puedo alargar esta sensación, este orgasmo fantástico de alabanzas y lisonjas? ¿Cómo puedo mantener mi estatus para siempre? ¿Y cómo hago para salir de nuevo en el periódico?*

Antes de que tuviera la oportunidad de terminar de instalarme en mi nueva oficina, una joven se presentó con unos papelitos de diversos colores y una libreta de apuntes en la mano.

—Buenos días, señorita Barruesta. Mi nombre es Lili Montes. Me han asignado para que sea su secretaria —explicó, y luego se quedó muda e inmóvil como una estatua.

Me tardé unos segundos en reaccionar y comprender que no solamente tenía un trabajo con oficina privada y una vista espectacular, sino que también tenía una secretaria a mi total y completa disposición, y que ahora esa persona, parada frente a mi escritorio en silencio absoluto y respetuoso, esperaba mi dirección.

¿Cuánto tiempo puedo hacer que se quede parada así, como una momia petrificada, muerta de miedo de hacer un movimiento inapropiado, de faltarme el respeto?, me pregunté con deleite. La observé con detenimiento para formarme una idea acerca de Lili Montes. Durante los años pasados en el silencio de estar sola había afinado mis instintos de observación y formación de juicio, elevándolos a un nivel de maestría. La joven parecía remilgada y simplona, llevando el personaje de secretaria a niveles teátricos, vestida con un traje de dos piezas, tacones bajos, los clásicos anteojos sin sofisticación alguna, el cabello amarrado en cola de caballo y maquillaje esencial. Pero a mí no me engañaba: debajo de esa fachada, que en apariencia gritaba ¡no necesito atención!, vivía una mujer que deseaba con todo su ser convertirse en el objeto de envidia de otros, en el centro de las solicitudes de aquellos que anhelarían algún día besarle al menos la punta del dedo gordo del pie.

—¿Lili? Parece nombre de mosca muerta. No tiene el sonido del nombre de alguien que merece ser respetada... Hubiera preferido que me asignaran a alguien con un mejor nombre, un nombre menos mundano. Lili es un nombre de plebeya. Hubiera preferido un nombre de reina, o aunque sea de princesa, como Sofía Leonor de Asturias... ¡Ese es un nombre, hijita! —le dije, reposando mis manos sobre el escritorio mientras la miraba con desprecio.

—Lo siento. No puedo cambiar el nombre que me dieron mis padres, pero si usted quiere... si quiere puede llamarme Sofía Leonor... —contestó con una voz bajita y temblorosa, confundida por mi conducta.

El goce que estaba sintiendo en ese momento de absoluto poder sobre alguien, aplicando castigo por un detalle tan estúpido como el nombre con el que esta joven fue bautizada, era algo nuevo y distinto, una sensación de inmensidad que me llenaba de vigor, una emoción que definitivamente debía explorar más a fondo.

—Yo te llamaré Liliana. Es todavía chusco, pero no tanto como Lili —dije, sintiendo un estremecimiento de placer en todo el cuerpo.

—Está bien, señorita Barruesta. Mi nombre es Liliana —contestó, acomodándose los anteojos sobre el rostro colorado de resentimiento por mis palabras.

La dejé procesar la humillación, parada como una efigie que se vendría abajo por mis azotes en cualquier instante. Desde mi lugar imaginé lo que estaría diciéndose a sí misma en aquel momento, las recriminaciones que se haría por no haber recibido un mejor nombre, por no haber ido a la universidad, por no tener un grado académico que la colocara en un mejor puesto. En el ambiente cargado con su ira contenida palpé con gusto las promesas que se estaría haciendo en ese preciso minuto. Ante todo, la promesa de demostrarme lo que realmente valía.

—¿Qué se te ofrece, Liliana? —dije por fin cuando me aburrí de complacerme en su pena.

—…Solo…

—Solamente. Se dice solamente. Habla apropiadamente si quieres que la gente te respete.

Esperaba que me abofeteara, pero no lo hizo. Tragándose su impotencia, contestó:

—Solamente venía para ver en qué me necesitaba… Como es su primer día y todo…

—Yo no te necesito. No necesito a nadie. Viridiana Barruesta se vale por sí misma —dije, amonestándome inmediatamente después por salirme del libreto y mostrarle mis emociones.

—No la quise agraviar, señorita Barruesta. Por favor, entienda que estoy aquí a su servicio. Tal vez sería mejor que regrese cuando esté desocupada… —expresó, buscando una excusa para escapar de mi presencia e irse corriendo al baño, a llorar como una loca, o a quejarse con las otras secretarias por la mala suerte de tenerme a mí como jefa.

Ese momento, lo sucedido ahí, fue mucho mejor que la atención y el reconocimiento recibidos con lo del incendio. Disfruté de cada segundo de aquella interacción. En Liliana encontré al perfecto chivo expiatorio, al personaje que pagaría por los pecados de todos y cada uno de aquellos que me hicieron daño.

—Enséñame lo que traes en las manos. ¿Qué son esos papelitos de colores? ¿Tu sistema de organización? —dije burlándome.

Mientras recargaba mi 'rifle de asalto' me percaté de que las piernas de Liliana habían empezado a temblar un poquito. ¡Recibir mi castigo de pie le estaba robando energía más rápido de lo que hubiera imaginado!

Hice una anotación mental de ese hallazgo y acometí de nuevo.

—Habla de una buena vez, que el día se acaba y tú sigues parada sin decirme lo que viniste a decir. ¿Serás un poco lenta tal vez?

—Le quería explicar nuestro sistema de comunicación y de archivos. El rojo significa urgente. El verde, listo para proseguir el proceso. Y el amarillo, que puede esperar —declaró, haciendo un esfuerzo sobrehumano para mirarme a los ojos mientras hablaba.

—Explícame qué son estos archivos encima de mi escritorio. Veo que también tienen colores... —expresé, haciendo un gesto de aburrimiento para opacar el hecho de que no entendía de qué se trataba el trabajo en el que me estaba embarcando.

Lili sonrió por primera vez en diez minutos, relajó los músculos de la espalda y la mandíbula y, acercándose a mi escritorio, tomó asiento en la silla frente a mí. Yo la dejé disfrutar de esa pequeña victoria: súbitamente sentirse necesitada por su superiora.

—Estos, los anaranjados, son de postulantes a trabajos. Los rosados son de pedidos de vacaciones o de tiempo libre. Los morados vienen de la oficina de ética…

—¿Quién tiene el control final para aprobar o desaprobar?

—Su jefe, el gerente de Recursos Humanos, el licenciado Carlos Quesada. Tiene una cita en la tarde con él para conversar acerca de procesos y pendientes.

—Pero él se fiará de mi recomendación, ¿verdad?

—Por supuesto. Usted los lee primero y da su recomendación al licenciado Quesada. Él por lo general tomará su opinión en gran consideración, como si fuera oro, señorita Barruesta.

—Licenciada Barruesta. Es licenciada Barruesta. Estás excusada ya —contesté mientras pasaba la mano por las carpetas de diferentes colores, contemplando con inmenso placer la torre de decisiones que tenía frente a mí.

Pasé las siguientes horas leyendo los reportes, los archivos, los pedidos y las recomendaciones. Me interesaron sobremanera las carpetas de investigación de empleados enviados por el comité de ética laboral. Las decisiones a tomar serían de aquellas que transforman la vida de un individuo, de las que levantan o hunden. Me sentía embriagada por el tesoro encomendado. Aquellas vidas eran mías. Yo tenía las llaves del cielo y también las del infierno.

❧❧

De camino de regreso hacia mi casa, bastante cerca del lugar donde me tocaba salir de la carretera, una camioneta que viajaba delante de mí cruzó intempestivamente frente a otro auto, uno de esos modelos compactos, causando que el conductor perdiera el control y que el vehículo se diera una vuelta de campana, yendo a parar en una zanja a la vera del camino.

Detuve mi carro cerca del lugar del accidente y llamé a la policía de inmediato. Si existía la posibilidad de que los reporteros y camarógrafos se apersonaran para cubrir la noticia, yo quería ser la primera a quien ellos entrevistaran.

Felizmente la cuneta no era demasiado profunda, y el conductor accidentado ya había abandonado su automóvil y trataba de subir la pequeña colina cuando me acerqué a él.

—Espere. Espere. No se puede saber si se ha golpeado en la cabeza y qué repercusiones podría tener ese golpe... —le dije, ayudándolo a sentarse en una piedra cercana.

—Estoy bien. Es un milagro, pero estoy bien —contestó, tratando de levantarse sin lograrlo.

—Está sangrando de la cabeza. Creo que tiene un corte, una herida profunda —expliqué y procedí a arrancar una manga de mi blusa nueva para colocarla encima del tajo que se veía en su frente.

El desconocido tomó mi mano con el pedazo de tela y la apretó con fuerza contra su sien. Podía sentir el temblor de su mano helada asiendo la mía, las gotas de sangre pasando por entre mis dedos y los suyos, formando surcos desordenados de color rojo vino en ambos brazos. A los pocos minutos oímos las sirenas de las ambulancias, de los bomberos, de los rescatistas y de la policía, acercándose hasta donde estábamos. Un grupo de motoristas curiosos que se detuvieron al ver el accidente nos miraba desde la carretera, ofreciendo a gritos todo tipo de ideas. Los oficiales se abrieron paso entre la multitud, detrás de ellos divisé las anheladas cámaras. Mi brazo se estaba cansando y tenía hambre, pero haberme quedado con el accidentado estaba por pagar excelentes dividendos.

Un equipo de bomberos bajó con una camilla hasta la piedra donde permanecíamos sentados y luego de colocar al hombre sobre ella, subió la cuesta para colocarlo en la ambulancia y transportarlo hasta el hospital más cercano. Al ver la conmoción, el accidentado cayó por fin en cuenta de lo sucedido y arrancó a llorar. Parecía más como el lloriqueo de un niño que el llanto de un adulto. Dándome las gracias, sin soltar mi mano, prácticamente me obligó a escalar la pendiente con él y los rescatistas.

—¿Cómo se llama? ¿Cómo le podré agradecer? —dijo el hombre antes de que se lo llevaran.

—Viridiana Barruesta. Solamente viva, viva la vida con todo su corazón. ¡Viva como nunca antes ha vivido! —expresé a voz en cuello, mientras me limpiaba una lágrima que dejé rodar por mi mejilla.

Como era de esperarse, las cámaras se fijaron en mí apenas el vehículo desapareció. Fingiendo no haberme percatado de su presencia, traté de limpiar la sangre de mis manos mientras caminaba hacia mi auto. Los periodistas me siguieron, tomando fotos y haciendo preguntas.

—¿Viridiana Barruesta? ¿La del incendio en el Edificio Caribe? —inquirió uno que me reconoció de una entrevista pasada.

—Soy yo. ¿Por qué? —contesté con inocencia ensayada.

—¡La heroína al rescate nuevamente! —dijo otro, sumándose a la algarabía.

—Señorita Barruesta: una fotito, por favor...

—¿Cómo se siente rescatar a un completo desconocido? ¿Cómo se siente arriesgar su vida así, otra vez?

—No es nada. Hice solamente lo que me dictó la conciencia en ese momento. Desde que vi suceder el accidente, en lo único en que me concentré fue en localizar al chofer vivo. ¿Se imaginan? Ves algo así y no sabes si es un automóvil lleno de criaturas inocentes, de padres regresando a sus casas para encontrarse con sus familias... ¿Se imaginan el dolor de recibir una noticia así de trágica? Mi única motivación fue ayudar... —dije humildemente, sonriendo con falsa timidez para las cámaras.

Cuando subí a mi auto, ya la radio transmitía la noticia. Al llegar a mi apartamento, me esperaban una gran cantidad de mensajes telefónicos felicitándome por la nueva hazaña. Qué gloriosa sensación aquella, la de la adrenalina llenando todo mi cuerpo como un tónico que me hacía sentir más que viva, me hacía sentir invencible.

Las señales de admiración no se hicieron esperar. Mi nombre se estaba convirtiendo en símbolo de heroicidad y desinterés, de abnegación y altruismo, de la cura contra los males de una sociedad en donde todos hablaban pero nadie escuchaba. Mi eslogan extraoficial, «Viridiana Barruesta: servir a los demás antes que servirse de los demás», era el tema que se estaba instalando en la imaginación colectiva como cimiento para crear la historia de mi vida. ¡Yo era fantástica!

Un nuevo recorte de periódico, con una foto mía rescatando a aquel desconocido, me esperaba sobre mi escritorio cuando entré a mi oficina al día siguiente, luego de pasar por la larga ovación de pie que me dieron mis compañeros de trabajo. Lili Montes ofreció tenerlo enmarcado esa misma semana. Pobre Lili Montes. Seguramente pensaba que lo sucedido el día anterior no mostraba el verdadero espíritu de servicio de su jefa, pero que lo que ocurrió al terminar la jornada, fuera de esas paredes donde seguramente me sentí tensa por ser mi primer día de trabajo, indudablemente capturaba mi verdadera esencia, un ser humano con capacidad de empatía y con dones de heroísmo. En su corazón debió sentir una pena punzante por haberme juzgado tan apresuradamente, por haberme llamado 'bruja' con nada más que unos cuantos minutos de interacción, cuando ahí, delante de ella, en esas palabras impresas y en esa foto, tañían las pruebas irrefutables, las que proclamaban que se había equivocado, que su jefa era una 'santa'.

La dejé pensar bien de mí esa mañana. Tenía unos pececillos más grandes a los que impresionar, el primero de los cuales era mi jefecito, el licenciado Carlos Quesada.

Mi jefe no estaba en la línea de empleados que aplaudía cuando llegué en la mañana. Tampoco me esperaba en mi oficina, como fantaseé de camino al centro. *¿Qué se creía ese cabrón?, ¿que era demasiado importante para felicitarme?,* me dije mientras especulaba en dónde estaría.

Apenas me pude zafar de todos los lambiscones que me tuvieron arrinconada, casi encima de mi escritorio, adulándome sin parar la primera media hora de la mañana, me encaminé hacia la oficina del licenciado.

No lo encontré donde esperaba. Una nota dirigida a mí, pegada con cinta adhesiva en su puerta, me recibió. Abrí la misiva: «Viridiana, búscame en el salón de conferencias. Tenemos una reunión de emergencia», leí en el papel firmado por mi nuevo jefe.

Me dirigí hacia allá. Al acercarme a la puerta me pregunté si se trataba del lugar correcto, pues lo único que oía al otro lado de la madera era un silencio absoluto. Abrí la puerta despacito.

—*Surprise!* —gritó un grupo de gente, saliendo de sus escondites en el cuarto a oscuras.

Al encender la luz, vi un salón lleno de colegas. En el centro, con los brazos abiertos para acogerme, el señor David Marrouni y el licenciado Carlos Quesada. Me acerqué hasta ellos y los dejé festejarme como quisieron. Comimos pastel y al final de la ceremonia improvisada, el señor Marrouni me entregó un diploma oficial donde se leía: «Viridiana Barruesta. Heroína de la Compañía de Seguridad para las Américas». Mis nuevos colegas aplaudieron. Todos parecíamos contentos, pero la realidad es que durante la celebración en lo único que yo podía pensar era en encontrar otra tragedia, otro desastre de donde agarrarme, otro grupo de gente que por fuerza tuviera que reconocerme, que acogerme y colocarme en el centro de todas sus atenciones.

A pesar de que se sentía fuera de peligro, Lili me evadió el resto del día. En la tarde estuvo obligada a venir a verme, pues traía una sorpresa consigo.

—Señorita… Licenciada Barruesta, el señor al que usted salvó, el del accidente de ayer, la está esperando en la recepción. Dice que le urge verla… —dijo, creyéndose portadora de buenas noticias.

—Dile que estoy ocupada, que me deje un mensaje. Cierra la puerta cuando salgas y no me vuelvas a interrumpir —le contesté, regresando a saborear unos deliciosos reportes sobre mi escritorio. Me gustaban sobre todo aquellos cargados de sórdidas acusaciones, los que incluían versiones mecanografiadas de ambas partes beligerantes, cada una dando su versión de una historia que, desde mi punto de vista, no terminaría bien para ninguno, pues yo buscaría la manera de hacerlos pagar, de estrujarlos como a gusanos, de verlos sufrir hasta que la cabeza les explotara de angustia.

A pesar de mi advertencia, Lili volvió al rato. La sentí caminar despacito hasta mi puerta y luego detenerse, titubear al levantar la mano para tocar. Sentí sus nudillos golpeando la madera, despacito, casi inaudible. Sabía que era ella, temerosa, al otro lado de la puerta. Seguramente unas gotitas de sudor le estaban bajando por el cuello y su corazón acelerado la hacía temer que se desmayaría en cualquier momento. Dejé los archivos a un lado para seguir la escena desde mi asiento. Podía sentir lo que ella estaba viviendo en ese momento, imaginar sus movimientos. Con cada aliento de ansiedad de ella yo apreciaba que mi poder ganaba intensidad. Pasaron unos segundos hasta que se armó de valor y, abriendo la puerta de sopetón, se acercó de un brinco hasta donde yo estaba.

—¿No te dije que no volvieras a interrumpirme? ¿Eres tan mensa que no puedes seguir al pie de la letra una instrucción sencilla? —recriminé apretando los dientes. Estaba disfrutando desarmarla con nada más que mi sola presencia.

—El señor… no se quiere ir… Dice que es urgente. Trae flores también —contestó sin siquiera poder darme la cara.

La hice esperar para darle mi respuesta. La tensión en el aire alimentaba mi ego de una manera deliciosa. Quería disfrutar a fondo ese placer perverso que nunca había experimentado.

—Dile que pase. Y si tú regresas a interrumpirme una vez más, vas a tener que vértelas conmigo.

La sentí irse confundida y avergonzada, segura de que algo que ella hizo era la causa de mi furia. Si trabajaba para la heroína local, no podía ser su jefa quien tenía el problema, debía ser ella, se habrá dicho. Tendría que meditar esa tarde acerca del inconveniente que se había creado, la mala vibra que ella traía a nuestra relación.

El hombre ingresó en mi recinto. Era un individuo con facciones agradables, no atractivo como para derretirse, sino más bien del tipo de persona con la que te sientes cómoda instantáneamente, de los que te hacen sentir relajada y en paz, pero no sabes por qué. Traía un ramo de flores preciosas, mezcla de rosas de un tono rosa-anaranjado, lirios blancos y girasoles amarillos, amarrados con una cinta de yute.

—Señorita Barrruesta… —empezó a decir acercándose a mi escritorio.

—Licenciada —lo interrumpí e inmediatamente me sentí estúpida por desbaratar con un gesto inútil mi fachada de santa. Aprendí en ese instante que era primordial darme mi lugar, pero que también era de igual importancia mantener mi marca personal intacta, especialmente frente a mi público.

La sonrisa del hombre se tornó en una mueca.

—Perdón. Qué malcriada he sido, poniéndome tan formal con usted… sobre todo con usted, que acaba de pasar por ese terrible accidente. Tome asiento, por favor… —le rogué, dejando mi puesto detrás del escritorio para acercarme y sentarme en la silla al lado de donde él se aposentó a medias, inseguro de si venir a agradecerme en persona fue buena idea.

Su nombre era Víctor… Víctor Orkis. El accidente lo había dejado maltrecho. Llevaba una venda en la cabeza y el brazo izquierdo enyesado. A pesar del dolor que de seguro sentía en ese momento y de los efectos de los medicamentos que le recetaron, llegó vestido de saco y corbata. Tenía los zapatos negros perfectamente lustrados. Su colonia me mareó al comienzo, pero luego hizo que lo viera más atractivo.

—Usted fue una enviada del cielo, señorita, licenciada Barruesta —dijo cuando por fin decidió darme una segunda oportunidad.

—Ay, por favor, me puedes llamar Viridiana, Víctor… —contesté, acercando mi silla a la de él para que percibiera que podía confiar en mí.

—Viridiana… Es un lindo nombre… —sonrió finalmente, ofreciéndome las flores—. Perdona la pequeñez…

—Están bellísimas. No te hubieses molestado, menos ahora que todavía estás recuperándote de aquel accidente. Es un milagro que te salvaras así. Yo vi lo que sucedió... No te imaginas el susto que me pegué... No pude dormir pensando en ti... en lo frágil que es nuestra vida... en lo importante que es vivirla rodeados de paz y amor...

—Eres más bella en persona... Bueno, en persona la segunda vez que nos vemos, que lo que recordaba. Tengo que confesarte que tampoco pude dormir pensando en ti...

—¡Víctor! Ni siquiera me conoces...

—Pero quiero conocerte. Vengo a agradecerte y a pedirte que me acompañes a una entrevista. Sabes que donde me volqué han ocurrido muchos accidentes similares, así que queremos hacer una petición para que analicen y arreglen ese tramo de la carretera.

Víctor tenía una sonrisa muy atractiva, y a pesar de que se encontraba bastante magullado, se le veía varonil y al mismo tiempo accesible.

—¿Una entrevista? ¿Televisión o periódico?

—Me imagino que ambos, porque es una rueda de prensa con expertos y representantes del Gobierno.

—Y es acerca de seguridad, así que no me caería mal ver de qué se trata... Sí, claro, me encantaría acompañarte —contesté sorprendida con la doble oportunidad que se me presentaba de estar frente a cámaras y con un hombre guapo.

La conferencia con Víctor fue maravillosa. ¡Tantas cámaras en un solo lugar! Logré posar para la foto que publicarían al día siguiente. Fue sencillo, porque se trataba del retrato donde juntan a todos al final del programa, y la verdad es que cualquiera se puede meter. Pero esa experiencia me dio una idea fantástica: si aquel día organizaron una rueda de prensa por un tema tan insípido como aquel tramo en la carretera, no estaría de más averiguar qué otras ruedas de prensa habría en la ciudad en los siguientes días. Con solo pensar en la variedad de eventos que habría esperándome, en las fotos donde podría aparecer, el corazón me rebosaba de felicidad. No tenía que esperar fuegos o accidentes. Podía ser famosa todos los días si quería. ¡Todos tendrían que reconocer que yo era la mujer más poderosa de aquella ciudad!

Víctor me invitó a cenar después de la rueda de prensa. Era un hombre con un sinnúmero de cualidades. Aparte de ser suficientemente atractivo, de tener un trabajo interesante y de ser bastante educado e inteligente, lo que más me gustó de él fue su caballerosidad y que parecía siempre interesado en lo que yo decía, lo cual me hacía sentir al mismo tiempo feliz y preocupada, ya que nunca viví nada similar en toda mi existencia.

Aquella noche fue la primera vez que conocí lo que se siente cuando alguien te toma interés genuino.

Luego de galantemente pagar mi cuenta en el restaurante, algo que nunca me había sucedido, Víctor me invitó a su apartamento a seguir la conversación que iniciamos durante la cena. Tuve dudas, pues jamás había estado con un hombre y no sabía si me interesaba entregarme a una situación en la que no tendría el control, pero Víctor me convenció de que solamente serían unas horas y luego me llevaría a mi casa.

En el apartamento tomamos unas cuantas copas de vino y charlamos animadamente acerca de todo: política, el mundo, viajes, anhelos… Él en ningún momento se insinuó o trató de ponerse sexual conmigo. Cuando nos despedimos, ya en la puerta de mi casa, más bien era yo quien no podía esperar a que él tomara esa iniciativa.

—¿Estás seguro de que no quieres acompañarme un ratito más? Tengo un vinito especial que he estado guardando para una ocasión que lo mereciera… Y esta sería una buena ocasión, ¿no crees? —le dije coqueteando abiertamente, tratando de persuadirlo para hacer algo que yo ni siquiera estaba tan convencida de querer hacer. No entendía por qué me estaba comportando así. El alcohol definitivamente se me había subido a la cabeza, desinhibiendo una parte de mí que hasta entonces permaneció encerrada tras miles de puertas con candados llamados 'temores', 'vergüenza' y 'falta de autoestima'.

—Estoy seguro. Es tentador, pero no sería justo que me aprovechara del momento únicamente para darme el gusto —contestó, apoyando su mano sobre el marco de la puerta y acercando sus labios a mi rostro para despedirse con un beso en la mejilla.

—Tú te lo pierdes. Estas ofertas a veces no se repiten, ¿sabes, no? —repliqué un poco ofendida, un poco comprendiendo que tal vez mi realidad sería morir virgen.

Lo vi alejarse en la oscuridad de la noche. Su sombra fue haciéndose más y más chiquitita hasta que desapareció del todo y lo único que alcanzaba a escuchar era el tarareo de una canción. Seguramente cantaba porque sabía que se había librado de una buena esa noche, que el vino y la comida casi lo hicieron desearme de la manera en que las verdaderas mujeres eran deseadas, pero que felizmente logró zafarse de mí justo a tiempo.

Ya ves, no hay hombre para ti. No en realidad. Ni siquiera cuando ofreces algo gratis, logras que uno se fije en ti de esa manera. ¿Total?, ¿qué importa? Hubiese sido un estorbo mental tener que pensar en los deseos de otra persona, en sus gustos, en su bienestar, sobre todo de alguien que te acaba de despreciar así, me amonesté. Y aunque me fui a dormir molesta, no era tanto por el coraje que le tenía a él por haberme hecho pensar que yo le parecía atractiva, sino más bien por el disgusto conmigo misma por haberme dejado doblegar tan fácilmente, por haber bajado la guardia y mostrado mi humanidad, por haberme prácticamente tirado en sus brazos.

Esa noche soñé con lo que haría en la oficina al día siguiente, con cómo Lili Montes pagaría por los pecados de Víctor, y cómo buscaría otras ruedas de prensa y otros eventos donde sería fotografiada y adorada por un público al cual nunca tendría que demostrarle nada, porque para mí ellos serían como mis lacayos, como mis sirvientes, y solamente estarían a mi alrededor para servir y alimentar mi ego.

❧

Y Lili Montes pagó por los pecados de Víctor tempranito a la mañana siguiente.

—Todos los días, apenas pise un solo taconcito en este despacho… apenas me sientas venir, que sientas mi presencia en la calle, en el elevador, en los pasadizos… vas a saltar de tu asiento y me traerás una lista de todos los eventos programados en la ciudad. Quiero que coloques en un cuadro bien vistoso, con esos colores que tanto te gustan, todos los detalles de cada evento: hora, local, quiénes asistirán… todo… Estamos un poco tarde, pero averíguame en este instante qué tenemos para hoy. Hazme la lista en orden de importancia: más importante si viene el gobernador que si viene el alcalde, por ejemplo, mucho más importante si viene un artista conocido o el presidente de la República... —le expliqué a Lili Montes apenas llegué a mi oficina al día siguiente. Me sentía de nuevo bien conmigo misma, segura de lo que quería hacer.

—¿Puedo preguntar para qué? ¿Qué pongo en el reporte que escribo cada viernes respecto del tiempo dedicado a esta investigación diaria? —preguntó, primero avezada, sintiendo que tal vez había encontrado mi talón de Aquiles, para inmediatamente después perder su convicción y sentirse avergonzada por cuestionar a su jefa.

—¿Has perdido todo sentido de lo que significa ser mi subordinada? —bramé, entré a mi oficina y tiré la puerta detrás de mí, dejándola en una posición muy frágil.

Me senté en mi sillón de cuero, uno muy vistoso, de tonos rojos y negros. Acaricié los mullidos brazos donde me gustaba rumiar mis pensamientos. Delante de mí, sobre la mesa de centro, tenía un par de reportes que había estado estudiando esa semana, despacito, dándome tiempo para leer los testimonios, absorber los casos, sobar las fotos que los acompañaban, ver las imágenes de los diferentes escenarios en mi cabeza, poniéndome en el lugar de los acusados y de los acusadores. Mi nuevo jefe, el licenciado Quesada, me había introducido al fabuloso mundo de las quejas ante Recursos Humanos a través de la línea anónima de ética. Quesada puso especial cuidado en explicarme que esos casos llegaban a nuestras manos para que nosotros emitiéramos una opinión 'objetiva' acerca de los méritos del asunto y formuláramos un castigo apropiado de ser necesario. Mi jefe me dejó unos cuantos archivos por unas semanas para ayudarme a comprender el proceso.

—¿Tendré la oportunidad de exponer una opinión...? ¿Me permitirá ayudar a prescribir el escarmiento? —le pregunté a Quesada, tratando de aparecer ecuánime, cuando sabía que aquella era una ocasión para celebrar por haber entrado a una profesión en donde yo sería juez y parte, ajusticiadora letal de aquellos que hubieran cometido algún pecado.

—Quiero que aprendas primero. Puedes leer los archivos y darme tu opinión. Puedes asistir a las reuniones con los empleados para que observes cómo hacer el trabajo... Pero por ahora lo único que te toca hacer es aprender. Ya llegará tu turno de tomar las riendas de unos cuantos casos —contestó, colocando los reportes sobre mi escritorio.

—¿Qué es lo que se siente? —pregunté abrumada por mis propias emociones.

—¿Cómo?

—Que, ¿qué es lo que se siente...? Saber que la vida de otra persona está en sus manos... ¿Qué es lo que se siente?

—¡Ay, Viridiana! Qué exagerada eres. No es su vida…

—Sí lo es. Lo que se decide aquí puede cambiar la vida de alguien para siempre. No se haga el que no sabe o no se da cuenta.

Carlos Quesada se detuvo antes de abrir la puerta. Titubeó sin decidirse a explayarse conmigo. Por fin volteó para mirarme a los ojos al darme su respuesta.

—Te sientes la persona más poderosa del planeta. No hay orgasmo más grande que el de saber que la vida de alguien depende de ti y que tú estás ahí para joderlo para siempre o para hacerlo tu esclavo agradecido porque lo dejaste vivir un día más. Acuérdate que la promesa de despido es peor, mil veces peor, que el despido mismo. Y ¿por qué?, dirás tú. Explicación corta: es porque tienes en el bolsillo a alguien que no se atreverá a estorbar tus planes. Y lo cierto es que esto ocurre únicamente porque tiene pavor de que hagas realidad lo que más teme. Eso es lo que se siente. Y cuando yo reconozca que estás lista para manejarlo, te otorgaré gustoso ese poder y hasta aplaudiré al verte ejecutar o condenar a cadena perpetua en la jaula dorada que llamamos 'corporaciones' a estas insignificantes marionetas, a nuestros empleados.

Estaba disfrutando de la lectura de aquellos reportes cuando Víctor abrió la puerta de mi oficina y, marchando triunfante, se acercó hasta mi sillón para darme un beso ardiente en la boca. En realidad la interrupción me fastidió bastante, sobre todo porque después del desplante de la velada anterior ya me había hecho a la idea de que el romance no era para mí, pero aquel beso despertó una parte de mi ser que resultaba difícil de ignorar.

—¡Viridiana Barruesta! Nunca he conocido a nadie como tú. Tan serenamente deliciosa. Tan profesional e intelectual, y al mismo tiempo, tan resguardada de tus sentimientos que lo único que haces es provocarme curiosidad —explicó al tiempo que me daba besos en la cara, la nuca y el revés de mis manos.

—Estoy trabajando. ¿No ves que no puedes presentarte así, de improviso? —contesté tratando de disimular lo que me hacía sentir, luchando por aplastar hacia adentro a aquella persona desconocida en mí que buscaba salir, despercudirse y darse el gusto con ese hombre.

—Yo sé que estás ahí, no me puedes mentir. Yo leo mentes, y en la tuya puedo leer que te sientes tan atraída hacia mí como yo lo estoy hacia ti. Fui un necio por no demostrártelo anoche. ¿Me perdonas?

—¿De qué? No pasó nada…

—Justamente. ¿Me perdonas que no pasara nada? Te debo haber hecho sentir mal, poco atractiva tal vez. Sin querer, te debo haber hecho sentir despreciada. Y ahora estás aquí, ahogando tus penas con un cerro de trabajo.

—Ay, Víctor, no seas tan creído de pensar que estoy trabajando para olvidarme de algo que, con toda sinceridad, no sé qué es. En serio, ¿de qué estás hablando?

—Quedo perdonado, entonces. Te conozco mejor de lo que tú misma te conoces. Sé lo que quieres, y de ahora en adelante te lo voy a dar.

—¿Y qué es lo que quiero? ¿Puedes leer mi mente ahora? ¿Lees las cartas también? Tal vez deberías poner un changarrito en el parque… —me burlé de él.

—Lo que tú quieres es amor, mucho, mucho amor. Y yo soy el mejor amante que podrás encontrar en el mundo entero. Creo que en vidas pasadas fui mujer porque entiendo muy bien al género femenino —explicó con un tonito risueño.

—Pero, por ahora, quiero paz y tranquilidad para terminar mi trabajo.

—¡No! Lo que quieres es salir y ver gente. ¿Me dijo tu secretaria que tenías unas citas por la tarde? ¿Te acompaño?

—No, qué va… Son citas de trabajo. Te aburrirías. Son entrevistas a estudiantes. Nada interesante…

—expliqué, sabiendo que iría a un par de eventos a la hora de almuerzo y, para lo que quería hacer, lo último que necesitaba era su compañía.

❧

Víctor y Quesada se convirtieron en las anclas que me mantenían centrada en ambos extremos de mi vida.

Víctor me hacía feliz de una manera que hasta ese momento había desconocido, pero su compañía no era suficiente como para superar lo que sentía cuando me veía en una foto del periódico o cuando me imaginaba qué haría con este o aquel empleado luego de leer su archivo laboral.

Por otra parte, el licenciado Quesada, mi jefe, era un diablito que me había introducido con todas las de la ley al siniestro mundo de los Recursos Humanos. Mis reuniones diarias con él parecían confabulaciones contra la humanidad. Quesada era un veterano de estos asuntos y se las sabía todas; sobre todo, cómo ocasionar daños extremos sin que se notara en lo absoluto cuánto lo disfrutaba.

Sin estar al tanto, ambos estaban colaborando, colocando nuevas semillas de plantitas de autosatisfacción maníaca que, en vez de calmarse con el manantial de halagos y de poder que constantemente les daba para mantenerlas gozosas, crecían a pasos agigantados, transformándose en una jungla que ya no podía sobrevivir con unos chubascos esporádicos, sino que demandaba constantes lluvias torrenciales de emociones para mantener la adrenalina alta y el sentido inflado de mí en todo momento. Bastaba que encontrara un gusto nuevo para que la novedad se me pasara en menos de una semana, poniéndome de un humor de los mil demonios mientras bajaba del estado encandilado en el que la droga emocional me colocaba y me pusiera a buscar otro evento, otro reporte, que me produjera la intensidad que necesitaba. Ni Quesada ni Víctor podían notar lo que me sucedía, pues mi satisfacción cuando estaba con cada uno de ellos se basaba en asuntos totalmente diferentes. Debo confesar, eso sí, que tal vez estar con el licenciado me hacía sentir más mujer que cualquier momento con Víctor. Y estoy contando también las noches en que teníamos relaciones sexuales, que, por cierto, aunque dichosas, carecían de ese gustito de poder que me ponía más allá de la cima que alcanzaba con mi pareja laboral. Más bien, aprender de Quesada los trucos para hacer sufrir a los condenados me tenía en un estado de orgasmo permanente. Más de una vez, estando en la cama con Víctor y en pleno jaleo sexual, me venía a la cabeza el recuerdo de mi jefe enseñándome cómo se había salido con la suya durante décadas. Mientras me movía encima de Víctor, escuchaba las palabras de Carlos, susurrando, dictándome los ingredientes, los materiales, las técnicas favoritas de punición. Era en esos momentos, cuando podía sentir en todo mi cuerpo esa electricidad causada por el deseo de ser como él, como mi maestro, que, llevándolo a él en la cabeza, pero comiéndome a Víctor con mi cuerpo, lograba hacerle el amor a ambos al mismo tiempo, dedicando mi cuerpo y mi alma a ellos y a las dos personas que vivían dentro de mí, la buena y la mala, la que quería ser una mujer como cualquier otra, y amar a Víctor, y la que quería ser una emperatriz, comandar el mundo desde el trono que su compinche Quesada le estaba construyendo.

❦

Encontrar nuevas maneras de excitarme se volvió difícil con el correr del tiempo, pero no imposible. Por ejemplo, un día en que estaba viendo televisión solita, disfrutando la ceremonia de entrega de los premios Óscar, descubrí un deseo que no me había visitado antes y que me pareció de lo más peculiar.

Sentada ahí, frente al televisor, me transporté al auditorio donde se realizaba aquella ceremonia. Podía ver, oler y tocar a todas aquellas celebridades. Jack Nicholson me saludó muy efusivamente y me pidió que me sentase a su lado. Él es un poco desquiciado, así que decidí seguir caminando hacia el estrado. George Clooney me hizo adiós con la mano. Angelina (Jolie pues, ¿cuál otra sería?) envidió mi vestido. Tenía razón, porque era un modelo del año entrante. Al rato me encontré con el actor de *Iron Man*. No recuerdo cómo se llama, pero igual me parece muy apuesto. Él le pidió a su acompañante que dejara el asiento libre y me invitó a sentarme a su lado. Y aquí es donde viene la parte que me pareció delirantemente deliciosa: al momento de presentar el siguiente premio, justo el premio para mejor actriz, yo sentía en mi corazón que la estatuilla debía ser para mí.

Pedí mentalmente que me llamen. *Di Viridiana Barruesta. Di Viridiana Barruesta. Viridiana Barruesta. Viridiana Barruesta*, murmuré con los ojos cerrados y las palmas abiertas (dicen que abrir las palmas hacia arriba es de buena suerte, pues te prepara para recibir lo que el universo te regalará porque tú lo pides. Y por la ley de la atracción, lo que pides llega a ti).

No gané ese galardón a mejor actriz, pero fue como haberlo conseguido, porque descubrí cuánto anhelaba recibir uno de esos premios que implican reconocimiento mundial. Sería como pegarme un salto con una garrocha gigantesca por encima de todos los pobrecitos y pobretones que me rodean en esta vida. Sería como entrar a otro nivel, a ser atendida de una manera diferente, con unos lambiscones más lambiscones, con un personal que me tuviera más miedo y un amante que sufriera cada segundo con la idea de perderme.

Empecé a buscar en la guía televisiva las ceremonias de premiación. Desde los premios musicales, a los premios para actrices de telenovela, a los premios por cuanta cojudez fue creada en el mundo artístico. No me perdía uno, estuviese con Víctor o no. Él podía estar sentado a mi costado, si así lo deseaba, de cualquier modo no sabría que en ese preciso segundo su adorada Viridiana estaba en otro lugar, en aquella ceremonia, disfrutando del momento, añorando esa llamada, esa invitación para recibir una estatuilla, un trofeo de vidrio o de plástico, y, con ellos, la admiración de la plebe. Viridiana Barruesta era alguien, tenía que ser alguien si la escogieron para ganar aquel premio.

A las ruedas de prensa y las ceremonias de apertura, cortes de cinta y otros eventos públicos les sumé la investigación e indagación de ceremonias de premiación. Verlas por la televisión no me fue suficiente después de un tiempo. Necesitaba ir, estar ahí de verdad, escuchar mi nombre, recibir ese premio.

Llegaba antes de la ceremonia para codearme con los invitados y tomarme fotos con los más conocidos. Me sentaba en la mesa preferencial y, a la hora del premio principal, pedía con la mente que me llamaran. *Di Viridiana Barruesta. Di Viridiana Barruesta. Viridiana Barruesta. Viridiana Barruesta*, ordenaba con los ojos cerrados y las palmas abiertas.

Nunca me llamaron en la realidad. No me importaba. En mi mente, en la película que yo veía cuando cerraba los ojos, me veía recibiendo mi premio, diciendo unas cuantas palabritas: «Qué honor, no me lo esperaba, hay otros que se lo merecen más, pero igual me lo llevo a casa y cada vez que lo vea me recordará mis inicios humildes y la gente a la que sirvo. Gracias. Los amo. Gracias por hacer este sueño una realidad».

Me mandé a hacer trofeos y estatuillas rotulados con diversas categorías, incluida la de mejor actriz en una película independiente. Los coloqué en lugares prominentes de mi oficina. Junto con las fotos con celebridades y los recortes de periódicos, las paredes se me acabarían pronto. Los colegas pensaban que se trataba de una broma. Yo solamente sonreía. Obviamente era la única que entendía íntimamente los pormenores de lo que estaba sucediendo. Una vez al mes recibía flores de mis 'admiradores'. Un admirador diferente cada vez, claro está. Desatendiendo las críticas de los motejadores, hice reservaciones para atender la entrega del Premio Nobel al año siguiente. De seguro sería la ganadora. Con todos los otros premios en mi haber, aquel era el único que me faltaba.

Cuando Víctor y yo hacíamos nuestras compras en el supermercado, pasar por la zona de la caja, donde están las revistas, se volvió el gran placer secreto de mi vida. Mi amor querido me veía hojeando las revistas, devorándomelas con la vista, y sonreía pensando en lo mucho que me gustaba estar enterada de las cosas de la farándula. Mujer, después de todo, seguro que especularía. Lo que él no veía era que yo buscaba esas publicaciones casi con desesperación de adicta, porque lo que deseaba era encontrar mi retrato en esas páginas.

❧❧

Quesada se tomaba muy en serio su papel de patrono del arte de ajusticiar en secreto al empleado que él consideraba el más débil, debido a que era entretenido verlo retorcerse y pedir clemencia por un pecado que no había cometido; o al más peligroso, por haberse convertido en un problema de mayor cuantía. Yo aspiraba a seguirle los pasos, a convertirme algún día en el pequeño dictador de una comarca delimitada por unos cuantos pisos en el Edificio las Américas, en terrorista corporativo, sembrando miedo y desconfianza adondequiera que fuera.

Una vez por semana nos reuníamos para revisar los casos de ética laboral, mis favoritos. Pasábamos horas encerrados en su oficina, salivando de puro gozo con cada uno de los asuntos pendientes. Acusaciones de acoso sexual, pruebas de robo de lápices de la empresa, conflictos de interés, racismo, ascensos nunca concretados. Mientras más enrevesados, mejor. Cada historia nos daba tema para rato. El licenciado me permitía ofrecer mi opinión acerca de los casos y hasta suplirlo con ideas acerca de cómo planearía yo los siguientes pasos investigativos. Colocar cámaras en las oficinas, grabadoras en los teléfonos o leer los correos electrónicos de los empleados en cuestión eran generalmente partes clave de las pesquisas y nos proporcionaban horas de delicioso contenido que añadía morbo a la trama.

El licenciado también me honraba con permitirme asistir a los juicios sumarios contra los pobres infelices. Recuerdo claramente y en alta definición la primera vez que presencié a mi maestro en acción.

—¿Sabe por qué le hemos pedido que venga a la oficina de Recursos Humanos? —preguntó Quesada, sin ningún preámbulo, al hombre que entró en su despacho.

El licenciado se encontraba sentado muy recto y oficial en su silla. Llevaba puestos el saco y la corbata (generalmente tenía el saco colgado en el perchero cerca de la puerta y todos sabíamos que solamente se lo ponía cuando tenía algo importante que decir). No levantó la mirada del reporte que estaba leyendo, ni hizo contacto visual con el sujeto. Quesada decía que lo primero era desarmarlos apenas ingresaran a la oficina, y que para ello lo más simple era adoptar una actitud distante.

El hombre, su nombre era Paco... no, Pedro... Pedro Pedrini... lo cual, claro, fue causa de mofa entre nosotros mientras examinábamos el problema durante nuestras amenas reuniones semanales.

Bueno, Pedro Pedrini, que en paz descanse, puso el ojo en el lugar incorrecto y se enamoró perdidamente de la hija del dueño, el señor Marrouni. Pedrini era un hombre mayor, ya estaba pasadito de los treinta, si no me equivoco. La chica era una chiquilla, una colegiala a punto de graduarse de la prepa. Pedrini tuvo acceso a la niña porque su padre, el jefe de PP, como lo apodaron en la empresa, le pidió que fuese su tutor de matemáticas. PP era muy bueno con los números, pero parece que era mejor cortejando, y poquito a poco se ganó a la niña con sus afecciones y su figura paternal. El amorío a escondidas y a espaldas del mismísimo jefe de Pedro Pedrini, el padre de la niña, se extendió más allá del año escolar, ya que PP empezó a visitar a la joven, a la cual convirtió en su mujer, en la universidad. Los amantes eran, naturalmente, muy discretos, y si alguien preguntaba quién era el visitante semanal, la muchacha simplemente contestaba que se trataba de su tutor de matemáticas.

Resultó que un fin de semana, Marrouni, que ya sospechaba de PP, se apareció sin avisar en la residencia universitaria de su hija y desde un escondite pudo comprobar por sí mismo lo que estaba aconteciendo. Enfurecido, el señor Marrouni le pidió a Quesada que efectuara una investigación con todas las de la ley, que consiguiera los detalles necesarios para la aniquilación de aquel empleado que lo hizo sentir un hazmerreír, tomando ventaja de su única hija y de la confianza que él mismo le otorgó cuando lo puso frente a su Brittany.

—No lo sé —contestó PP, bajando la mirada.

Pero sí sabía. Bastaba verlo para darse cuenta: patético, parecía uno de esos perros cuando los llevan a castrar. Las ínfulas de don Juan le habían desaparecido ante la perspectiva de terminar como eunuco.

Quesada se sobó las pelotas mientras pausaba la conversación, preñándola de ansiedad añadida para el pobre Pedrini. Yo me sentí húmeda de la emoción. Me tenía que tirar a Víctor de todos modos apenas saliera de aquella reunión.

—Conoce a Brittany Marrouni, ¿correcto? —preguntó, sabiendo que las órdenes del jefe eran de destrozarlo sin que nunca se supiera por dónde vino el ajusticiamiento.

—Sí, claro. Usted sabe que fui su tutor de matemáticas el año pasado. ¿Por qué me pregunta algo que sabe?

—Para confirmar solamente PP, señor Pedrini. Pero no se sulfure, que aquí estamos entre compañeros —explicó, guiñándole el ojo mientras bajaba la voz y miraba para los costados.

Quesada decía que el segundo paso, luego de la indiferencia y la distancia iniciales, era hacerlos pensar que eran amigos, colegas, que estaban en esa disyuntiva juntos.

—Tome asiento, Pedrini, que tenemos para rato... ¿Cuál es su relación actual con la señorita Marrouni? No, en esa silla no. Por favor, siéntese aquí al lado —indicó, moviéndolo del mullido asiento frente a su escritorio hacia una silla que utilizaban las secretarias para tomar el dictado, y que parecía más bien reclinatorio de confesión, debido a que, en lugar de estar sentado, te obligaba a estar medio arrodillado.

PP sabía que estaba en problemas, pero, poniendo fe en las palabras de mi jefe, bajó sus defensas.

—Yo estoy enamorado de Brittany. Yo la amo, la trato como a una princesa. Yo sé que ella no es para mí, pero no puedo dejar de amarla... ¿Entiende, licenciado Quesada? —se confesó antes de tiempo.

—Yo entiendo, Pedrini. En materia de amores, créame que entiendo... Pero la verdad es que su confesión me confunde, puesto que lo he llamado a mi oficina porque hay un problema con los despachos de extintores de fuego al interior. Vea aquí, este es un reporte de inventario firmado por usted. ¿Ve su firma en todos estos documentos?

—La veo, licenciado, pero no recuerdo haber firmado. Es más, este no es el papel que yo utilizo. No puede ser mi firma.

—Pedrini, usted debe estar más enamorado de esa muchacha de lo que piensa. Y Dios lo bendiga por esa devoción hacia la hija de Marrouni que, por cierto, es un cuerazo… ¿No, Pedrini? ¿Es buena en la cama la hija del jefe?

—¡Licenciado Quesada!

—Cuente pues, PP. No se haga el tímido ahora, después de que ya la pasó por el trinche.

—Licenciado, la señorita, licenciada, Barruesta está presente.

—¡Uy! ¡Qué vergüenza! Señorita Barruesta, mil perdones por mi malacrianza y mi falta de respeto. Y usted, Pedrini, dígame de una buena vez cómo es la cosa.

Una segunda pausa tomó lugar. PP estaba colorado. Una empujadita más y de hecho se echaba a llorar.

—Licenciado, estos documentos no son los míos. ¡No pueden ser!

—Entonces explíqueme estos otros documentos, los contra reportes de sus despachos, declarando que en cada uno de los envíos de este año faltó un diez por ciento.

Tercera pausa. Pedrini empezó a lagrimear de la indignación. No entendía lo que estaba sucediendo, ni de dónde afloraron aquellos documentos. Miró hacia la puerta. La escapatoria a todos sus problemas estaba tan cerca de él. Hubiera salido corriendo de haber podido.

Quesada era el maestro de maestros. Lo dejó sufrir en solitario un buen rato. Examinar dentro de su cabeza los documentos que había presentado, su prueba de no haber hecho nada malo. Paralizado, Pedrini buscaba la manera de ser exonerado de aquel crimen, aquella atrocidad que no había cometido.

—Ay, PP. A todos nos sucede de vez en cuando. El tesoro lo tenemos tan cerca y no lo podemos tocar. Nos mira, nos tienta. Una y mil veces nos tienta. ¿Qué es lo que dicen? ¿Ladrón que roba a ladrón…?

Cuarta pausa para mayor efecto dramático, obligar a PP a terminar la oración:

—Tiene cien años de perdón…

—Eso mismo. Mire, Pedrini, yo todavía tengo que hacer mi trabajo y darle algún tipo de sanción. ¿Me entiende, no? —dijo Quesada extendiéndose levemente sobre el escritorio, aproximándose de esa manera a unos cuantos centímetros de Pedrini.

Genial. Le va a hacer pensar de nuevo que son amigos, que él vela por su bienestar, pensé mientras aplaudía mentalmente a Quesada.

—Lo vamos a transferir a una sucursal fuera del Distrito Federal —continuó Quesada.

—¿En la capital todavía? —contestó Pedrini sin pensar en lo que decía. Se le veía alelado, desconcertado por los acontecimientos.

—No, en otro municipio, Pedrini, preste atención. Para que el señor Marrouni sienta que se ha hecho justicia lo vamos a tener que enviar a un puesto en el norte.

—Pero eso está lejísimos de aquí. Hace frío en el norte, licenciado.

—Exacto. Usted se va para la sierra, por allá por Chihuahua, lo más lejos posible de aquí, y a lo mejor el señor Marrouni se olvida de que usted le ha robado. ¿Me entiende?

—Sí, licenciado. Le agradezco que me tome en consideración para otro puesto bajo estas circunstancias. Le agradezco infinitamente el gesto —contestó levantándose del asiento.

—Ah... una cosita más —dijo Quesada al pobre hombre que trataba de llegar hasta la puerta antes de desplomarse del todo y perder los papeles.

—Dígame, licenciado —contestó Pedrini.

—Le tenemos que bajar el sueldo para recobrar la pérdida causada por su sustracción de producto. ¿Me entiende?

Pedrini asintió y salió de la oficina.

Tengo entendido que murió por congelación recibiendo un despacho al siguiente invierno. Si comprendí bien la historia, la puerta trasera del edificio se le cerró mientras descargaba el camión y se quedó toda la noche afuera, en una especie de patio desde donde no tenía cómo salir a la calle. Por su parte, la muchacha, Brittany Marrouni, no quiso irse con él por miedo a lo que su padre le diría si se enteraba. Se volvió tan amargada, que terminó encamándose con *tutti li mondi*, (según Quesada, también con él). Pero nunca se casó. Creo que en el fondo ella sabía lo que había sucedido y malograr su vida era su extraña manera de vengarse de su padre.

❧

Aunque me había entrenado muy bien, Quesada solamente me dejaba participar en las conversaciones. Y a pesar de que le rogaba todas las semanas que me dejara ser el verdugo aunque sea una vez, a pesar de que me veía entregarle todo mi ser en cada sesión, a pesar de que sabía cuánto gozaría de tener aquella guadaña en mis manos y sembrar horror con nada más que mi presencia, a pesar de todo, mi jefe parecía tener una regla que no pensaba romper: No dejes que la segunda en comando, por ninguna circunstancia y bajo ningún caso, llegue a probar la sangrecita en el agua, que aquello será suficiente para incitar la revolución y la toma del poder, con la consiguiente expulsión del opresor, o sea, él.

Mi jefe tenía la razón, bastaría una probadita para querer quedarme con todo. Pero yo ansiaba mi turno. No me importaba el costo o si tuviese que atropellar a uno o a muchos. Dediqué mi tiempo libre, es decir, el tiempo que pasaba con Víctor, a considerar cómo haría caer al gran licenciado Carlos Quesada, cómo lo convencería de entregarme pacíficamente el comando de las operaciones.

Para mi gran suerte, no hay secretos en Recursos Humanos. Y si los hay, es sencillo abrir aquellas puertas que suelen permanecer cerradas con 'candado' y resguardadas por 'personal armado', y descubrir lo que la gente trata de encubrir.

Empiezas por las debilidades.

Quesadita tenía una debilidad: las mujeres.

Lili Montes, por su parte, también tenía una debilidad: su inseguridad.

Lo único que tuve que hacer fue convencer a Quesada de portarse mimoso con Lili. «Se muere por ti», le dije. «Su fama en la cama es sonada», le aseguré. Cuando él cuestionó mi información, mis fuentes, le garanticé que eran fidedignas: «Lili Montes en persona le ha comentado a la secretaria de Marrouni, y su mejor amiga no mentiría», le engañé. A Quesada le sobraban las mujeres fuera de la oficina. Una de sus reglas era nunca mezclar el trabajo con el placer. Pero mis constantes comentarios acerca de mi secretaria socavaron paulatinamente aquella norma, hasta que ganarse los favores de Lili se convirtió en una obsesión para ese hombre que en cualquier otro aspecto era un tirano.

A Lili la tuve que trabajar de otra manera: convenciéndola de que convertirse en una mujer atractiva y sexual no estaba de ninguna manera reñido con su profesionalismo. La llevé a tomarse unos tragos conmigo unas cuantas veces después del trabajo. A la cuarta vez le confesé que tenía un poste de estriptisera en mi apartamento, y que hacerle *striptease* a Víctor utilizando ese método había servido no solamente para crearme un régimen de ejercicio fabuloso, con resultados fenomenales, sino un gesto que mi amante consideraba increíblemente generoso de mi parte.

Lili era fácil de persuadir. Haría cualquier cosa por obtener mi amistad, por salirse de mi mirilla.

Le compré un poste y un juego de ropa interior atrevida y se los envié a su apartamento, con una nota de parte de su nuevo admirador, el licenciado Quesada. «Querida Lili, me cuentan que quieres aprender a bailar sensualmente. Te envío este regalo con mucho cariño. Piensa en mí cada vez que lo uses. Espero poder verte pronto en acción. Tu admirador secreto, Carlos». Lili se sorprendió por los regalos y la nota, pero no los devolvió. Instaló el aparato en su apartamento y dedicó sus noches solitarias a aprender a usarlo y a pensar en el día en que le haría una demostración a Quesada.

Unos cuantos meses más tarde, ya tenía a mi secretaria y a mi jefe deseándose clandestinamente y desde lejos.

Bajo mi dirección, Lili pasó a usar vestidos un poco más atrevidos y a lanzarle de vez en cuando una de esas miradas matadoras a mi jefe.

Actuando de celestina, me convertí en la intermediaria entre ambos de mensajes que, por supuesto, nunca llegaron al otro lado. Los originales me los guardaba, cambiándolos por unas notas que cada vez subían un poquito más de tono.

El cambio fue imperceptible para el resto de los empleados en la oficina. Yo les rogué discreción a mis títeres y ellos, con la esperanza de lograr el ambiente de intimidad que yo les prometí, sucumbieron ante todas mis reglas.

Quesada no podía esperar a tenerla para sí mismo. Él podía poseer a cualquier mujer, pero el hecho de no poder apresurarse, el hecho de ver la evolución de la mosca muerta a una persona llena de energía que él ansiaba absorber con todo su ser, el hecho de tener que ser paciente para dejar que Lili se pusiera al día consigo misma, el hecho de desearla en silencio y tener que contar los días hasta que estuvieran juntos, lo estaba haciendo enloquecer.

Me confesó que por Lili revertió a la castidad. «Quiero que guste solamente de mí y no de todas las mujeres que he tenido. Sé que no es posible volver a ser virgen, pero quiero que nuestra primera vez sea una experiencia que ella nunca olvide», me dijo una tarde con una cara angelical de adolescente enamorado que nunca antes le había visto. Yo lo escuché con seriedad, comiéndome las risas hasta llegar a mi automóvil al final del día y estallar en carcajadas. Quesada no se las olía y Lili tampoco. Y era así como quería a mi mundo: sin sospechas, a mis órdenes, capturado, castrado.

Dejé de ir a la iglesia en esa época. Dejé las muletas de la religión olvidadas en una esquina. *¿Para qué ir? Nada nuevo encontraría en aquel lugar. No lo necesitaba. Yo soy la salvación. Yo soy el camino, la luz y la vida. Todo el que cree en mí tendrá vida eterna,* razonaba conmigo misma.

Mientras esperaba a propinarles lo que se merecían, me entretenía con las fotos, las ceremonias de premiación, la tortura psicológica que repartíamos, junto con la quincena, a los empleados. Era como decir: «Así es, si quieres trabajar aquí vas a tener que comer la porquería que servimos en la cafetería y aceptar la cagada que servimos en Recursos Humanos».

Me apodaron Viril Diana, empezaron a circular rumores acerca de mis gustos en la cama. No me importaba. Tarde o temprano harían algo, pisarían el palito, se tenderían una trampa a sí mismos. Todos caen. No hay quién se salve. Todos son torpes. No existe un empleado en este mundo que no tenga algo que esconder. Yo esperaría tranquilita, paciente como una blanca paloma, a realizar ese hallazgo, ese descubrimiento de lo que para mí equivalía a una pieza de arte, un tesoro en los anales de líos de oficina. A veces me toparía con la información por pura suerte; otras, alguien me entregaría al reo, víctima de una reyerta de la cual no fui parte pero sí sería juez; otras más, yo buscaría lo que quería encontrar... y si no lo encontraba, lo inventaría. Y en ese momento, Viril Diana, Diana la Vil, la inconmovible, maestra puta madre de todas las putas madres, en ese momento, yo, Viridiana Barruesta, todavía debía consolarme con mi asiento en el balcón de atrás, el que queda arriba, encima del palco presidencial en donde se sentaba Quesada, y contentarme observando y creyendo con todo mi ser que algún día aquel lugar sería mío.

También tenía a mi Víctor, claro. Víctor era todo lo que otros nunca podrían ser. Era el tónico, el remedio que me sacaba momentáneamente de mi ser envilecido y me hacía sentir humana. Con Víctor nunca sentí que debía controlar, ni a él ni a nuestra situación. Más bien me sentía agradecida por perder el control, por dejar que fuera alguien más quien me manejara.

⁓

Pero volvamos a los queridos Carlitos y Lilicita.

Luego de meses de ese romance de telenovela, ninguno de los tres podía soportarlo un segundo más.

Decidí que era el momento perfecto.

Me acerqué sonriente a Lili (la pobre pensaba que nos habíamos convertido en mejores amigas) y le dije:

—¡Llegó el momento que esperabas, mi querida mariposa! Hoy es noche de aficionados para las bailarinas de *striptease* en el bar de la calle Unigüey. Tú sabes: el De Luxe.

—¿Al que fuimos esa vez?

—Ese mismo, queridísima...

—Estuvo bien decente el lugar, ¿no? Digo, la gente no era gentuza sino señores de oficinas. Nada feo, todo bien puestecito.

—Y las chicas muy bien. Todas señoritas, bien arregladitas. Todo bien aceptable. La comida deliciosa, también.

—¿Crees que estaría bien hacer una demostración ahí? Porque estaba pensando que a lo mejor puedo invitar al licenciado a mi departamento. Al cabo que fue él quien me regaló el poste donde he practicado todo este tiempo…

—Nunca le has dicho nada de eso, ¿no, Liliana?

—¡No! ¡Por Dios, no! Hice exacto como me dijiste: he practicado, me he puesto en forma, he comprado ropa *sexy*… y un *baby doll* lindo para el día que de verdad quiera estar conmigo. Pero, no, no he hecho ningún tipo de contacto con él.

—Y así es como lo queremos: aguantado.

—Me parece que estoy siendo tan mala con él…

—Le estás haciendo un favor, créeme. Y te estás haciendo un favor a ti misma, un aguantado lo hace con más ganas.

—¿Lo haces aguantar a Víctor?

—¡Todo el tiempo! ¿Por qué crees que siempre anda como un loco detrás de mí?

Lili aceptó presentarse en el De Luxe esa noche.

Hacer que Quesada estuviese ahí fue sencillo pues él iba a todas las noches de aficionados.

Yo no me presenté. Llamé a Lili a última hora para avisarle que estaba atascada en el tráfico y que llegaría más tarde, pero que confiaba en ella y que siguiera nomás… que fijara su mirada en Carlos y en nadie más, así sabría que estaba bailando solamente para él en aquel antro.

Sergio, mi esclavo laboral de turno, acompañó a Quesada. Su misión era tomar fotos de Lili Montes y pasarle al licenciado la llave de una habitación en un hotel cercano, luego de encargarse de que él y mi secretaria bebieran varios vasos del *whisky* más fino.

Sergio también se tenía que ocupar de fotografiar o filmar el encuentro en el hotel entre Carlos y Lili.

—Pídele al botones encargado de abrirles la habitación que deje la cortina que da al pasadizo interior ligeramente abierta. Ya te imaginas el resto... —le expliqué, antes de enseñarle el reporte que prometí utilizar para hundirlo si fuese necesario—. Si me traes esas pruebas, te entrego este sobre con toda la información en tu contra y te prometo que nunca nadie te podrá tocar.

Sergio había estado robándole a la compañía, pero me pareció un pequeño sacrificio a cambio de sacarle a Quesada el cetro de verdugo que tanto deseaba para mí.

❧❧

De más está decir que gané la partida. Quesada perdió su trono y su puesto por el escándalo que le armé por acoso sexual. La última vez que lo vi casi me dio lástima. Se iba para otro Estado en busca de la panacea para su dolor. No entendía cómo logré quitarle lo que a ciencia cierta consideraba suyo. Su identidad afianzada en su tarea como cruel ejecutor de desquites, su morbosa dedicación a un desalmado juego creado por él mismo fueron hurtados por su aprendiz. Lo vi pequeño, desconcertado, aquella última vez. Logré sacarle la misma mirada que reconocimos con sádico deleite en centenares de empleados durante el tiempo en que estuvimos juntos.

—Al menos no tienes que vivir con la promesa de despido —acerté a decirle a manera de adiós—. Por lo menos así cortamos de raíz el cáncer que eres tú.

—Déjame quedarme. Seré tu esclavo. Haré lo que quieras. Déjame quedarme y comer al menos los mendrugos que me des —balbuceó casi llorando.

Se arrodilló frente a mí y levantó la mirada. Me daba pena verlo así, pero sobre todo me daba vergüenza ajena. Con todo eso, me entretuvo el gesto melodramático.

Lo miré a los ojos. Dejé que pensara por un momento que le permitiría vivir un día más en mi compañía, que se quedaría y disfrutaría nuevamente de nuestras andadas. Lo iba a extrañar, pero, así como disfrutaba de su humillación, sabía perfectamente que permitirle quedarse le daría la oportunidad de buscar la revancha.

—¡Muérete! —le dije.

Quesada asintió y salió de mi oficina sin decir una palabra más.

Le permití regresar a rogarme por su trabajo unas cuantas veces. No parecía entender que había perdido. El gran Carlos Quesada no podía perder. En todas aquellas ocasiones le ofrecí todo el tiempo del mundo para implorarme, para suplicarme que me apiadara de él.

—No puedo vivir sin este trabajo. ¿No entiendes, Viridiana? Soy tu creador, no me puedes echar al bote para basura. ¿No entiendes que nos necesitamos mutuamente?

—¿Me dejarías tomar las decisiones más importantes?

—Te dejaría hacer lo que quisieras. Me pongo a tu total disposición. Lo único que necesito es que me permitas estar aquí.

—¿No puedes vivir sin este trabajo?

—No. No puedo. Por favor, te lo pido de rodillas. No puedo vivir sin este trabajo.

Lo miré. Percibí su ansiedad, su tremenda sensación de injusticia, de pérdida. Consideré con deleite el hueco que horadé en su espíritu. Me acomodé en mi nuevo sillón ejecutivo, el mismo que fue suyo. Lo vi retorcerse como un animal herido en la memorable silla tipo reclinatorio donde juntos gozamos con los trágicos finales de tantos empleados.

—No vivas, entonces. Le harías un favor al mundo —contesté, propinándole el puñetazo final, el *knock out* de *knock outs*.

Meses más tarde lo encontraron sin vida en el baño de uno de esos clubes nocturnos que tanto le gustaban. El médico forense indicó que su corazón se había roto en mil pedazos, literalmente. Recibí la noticia con beneplácito. Mejor, me dije, así no tenía que preocuparme de la amenaza de venganza pendiente hasta el final de mis días.

A Lili le permití quedarse conmigo, aduciendo que ella era una víctima más del acoso sexual del licenciado. Pero ella había dejado de ser tonta y entendía muy bien de qué se trató todo aquello. Lili sabía que a partir de ese momento no era más que mi marioneta, un títere, una esclava agradecida, pues, como bien dijo Quesada al comienzo: «Acuérdate que la promesa de despido es peor, mil veces peor, que el despido mismo».

No hay presente sin pasado.

No hay futuro sin presente.

Nuestros actos son la brújula,

el compás de donde aprendemos

amor, alegría, compasión, odio,

venganza, temor, rencor…

Son emociones aprendidas en el pasado,

en el presente,

en el presente pasado

y en el pasado que queda presente…

Son las emociones que tiñen el futuro.

Y el futuro,

aquello que imaginamos siempre distante,

una premonición, un espejismo,

aquello que vendrá cuando vendrá…

El futuro es nuestro acto final.

Presta atención.

Anaisa se libera

Unos años después de la muerte del rey Kamehameha, Peter y yo nos casamos y nos mudamos a una mansión en la isla, en Oahu. Leilani y Hoikeana se acomodaron en nuestra nueva residencia. La vieja Marini, quien también pasó a vivir con nosotros, murió en nuestra casa al poco tiempo. Tenemos un campamento para los desamparados de la calle, equipado específicamente para quienes quieran pasar la noche, instalado permanentemente en el jardín de atrás. Así no tienen que estar corriéndose de la policía, pero todavía viven en un entorno que les acomoda, frente a su venerado Océano Pacífico. El asentamiento lo diseñó Leilani, haciendo una réplica del de Waikiki. En el centro, colocamos una estatua de nuestro querido Kamehameha. Hoikeana dirige ahora las operaciones diarias de nuestro refugio al aire libre.

Peter y yo hemos pasado toda una vida juntos. Pero esta noche nos hemos peleado.

¿Conoces la sensación que tienes cuando dejas una habitación de hotel después de una larga estadía? Miras y remiras. Levantas todas las lámparas. Abres todos los cajones. Revisas debajo de la cama una y otra vez. Y aunque parezca que todo está guardado, que todo está empacado y donde debería estar, en maletas, maletines, bolsillos y carteras, todavía te queda la sensación de que algo se te ha quedado atrás, olvidado, escondido, esperando y esperando el momento en que horas, días después, notes su ausencia.

Bueno, así me siento esta noche.

Ser sonámbula no es tan entretenido como lo presentan en películas. Y aunque las historias puedan parecer divertidas cuando las cuento, la realidad es que se trata de un asunto más bien peligroso.

Yo tenía mi seguridad en consideración cuando viajaba sola, y aunque con la edad parecía que los episodios de sonambulismo (caminando por pasadizos, tirándome del segundo nivel de la cama camarote, rompiendo sábanas en dos y hasta hablando con personas desconocidas, siempre con los ojos abiertos de par en par) parecen haber aminorado, todavía les doy la importancia que se merecen y me tomo el trabajo de obstaculizar mi llegada a la puerta del dormitorio, a las ventanas, o a las mamparas corredizas que dan acceso a los balcones.

Siempre pido habitaciones con balcón en los hoteles, por la vista que ofrecen, pero nunca confío en que durante la noche estaré protegida de mí misma, de mi sonambulismo.

Apenas ingreso en una habitación con balcón me aterra la idea de abrir la mampara, caminar hacia la fresca brisa nocturna y, sin más, saltar al vacío, sin siquiera saber lo que estoy haciendo. Por eso siempre interpongo cualquier cosa que encuentre a la mano entre mi cama y las puertas, las mamparas o las ventanas. Sillas, sofás, mesas y maletas me han servido perfectamente durante años de viajes. Si alguna vez intenté, en mi estado de idiota durmiente, hacerme daño, nunca lo he sabido. Amanezco en mi cama, tranquila, refrescada por el supuesto descanso. Si algo excepcional sucede en esas horas desinhibidas de oscuridad, nunca lo sabré, pues los estragos pocas veces se reflejaron en mi cuerpo al despertar.

Pero esta noche nos hemos peleado. Peter Paul Pedro Parker Martínez y yo, que siempre estamos juntos, luego de casi tres décadas de casados, tras doscientos de estos viajes anuales, que suman por lo menos seis mil noches pasadas en algún lugar que no es nuestro hogar en Hawái. Esta noche en particular no estamos juntos.

Al punto.

Peter y yo nos hemos peleado en un lugar diferente a nuestro hogar, es una de esas seis mil noches que pasamos en otra ciudad por viajes de negocios y para hacernos cargo de las organizaciones sin fines de lucro que creamos décadas atrás en beneficio de los indefensos de la calle y en honor al rey, a Kamehameha. Y ahora, después de revisar la habitación repetidas veces para asegurarme de que no existe ningún peligro para mi sonambulismo, me dispongo a acostarme.

Camino hacia la puerta. Aseguro el picaporte. Está cerrado. Retrocedo hasta el baño y coloco un sofá frente a la puerta. De esa manera no podré abrir y salirme del cuarto. Ya le hecho esa a Peter varias veces como para entender que es un problema serio, una de ellas incluso salí desnuda a la calle.

Últimamente he tenido destellos de memorias acerca del día en que murió el rey. Me he visto en el mar en aquellas ocasiones, he visto a Kamehameha nadando hacia mí. Me siento culpable por su muerte, pienso que tal vez fui yo aquella joven que Leilani vio y a la que Kamehameha seguía cuando se alejó de su grupo, pero nunca he compartido esos pensamientos con nadie.

Apago todas las luces, excepto la del baño. En los hoteles me gusta dejar aunque sea una luz para guiarme en caso de que me despierte confundida en medio de la noche, sin saber en dónde estoy. Dejo la puerta del baño entreabierta para ver aquella luz.

Camino hacia la cama. Miro la mampara del balcón. Otro problema. ¿Qué puedo colocar en esa zona? Si pongo un sofá, tal vez me suba y salte desde ahí. Si pongo sillas o maletas, y acabara cayéndome, me podría cortar la cara al chocar contra el vidrio.

Primero lo primero: me aseguro de que la mampara esté perfectamente cerrada y asegurada. Cierro las cortinas. Así se me hará más difícil abrir la puerta corrediza y salir al balcón. Por fin decido colocar un sofá amplio y todas las almohadas que encuentro para tapar el asiento del mueble hasta arriba, de manera que queda tan fofo que se me hará imposible saltar.

Convencida de que estoy a salvo de mis propias acciones me meto a la cama y cierro los ojos.

Sueño con los primeros días en Hawái, con la felicidad de la libertad experimentada por primera vez, con el afecto que recibí de los marginales, con la intensidad del amor puro que conocí con Peter. Sueño con Kamehameha, con su muerte, con mi parte en su accidente, siento el agua salada inundando mis pulmones y la mano fuerte del rey rescatándome, dando su vida por la mía; y veo su cuerpo flotando en la marea del amanecer.

Sueño que abro la puerta del balcón. Siento el viento de la noche en mi cara. Amo a Peter y no lo quiero dejar. Pero no lo puedo evitar, a pesar de todo estoy cayendo.

Escucho al rey, a Kamehameha, diciendo:

—En este reino no muere nadie.

Despierto.

Peter me tiene abrazada en el balcón.

El viento sopla.

Kamehameha sonríe y se despide.

Soy realmente libre, por fin.

Damaris encuentra salvación

El asalto me agarra desprevenida. Cuando estoy en puerto, tengo la costumbre de llevar mi arma conmigo. Es una de esas pistolas para damas, como les dicen. Pequeña, para que entre en la cartera, en cualquier cartera, sea el bolsón de diario o la carterita de princesita que llevo cuando salgo con aquel que pienso será mi príncipe azul, pero a quien, al final de la noche, ni siquiera puedo darle puntaje por compasión, no es ni siquiera el sapo que podría transformarse en príncipe.

Nada.

¿De dónde saco a estos fulanos sin modales?

¿A quién se le ocurre presentarse a recoger a una dama con un tufo de bebedor y un aliento de fumador que te tumba a la primera sílaba?

¿Cómo se les ocurre a estos pendejos que una señorita quiere abrirse la puerta del automóvil, pelearse por una mesa en el restaurante, pagar la mitad de la cuenta, la mitad más grande debo subrayar, y luego todavía piensan que tienen la posibilidad de recibir un beso o algo más?

Sinvergüenzas.

Descarados.

Pobretones.

Maleducados.

Que para hombres yo me gané la lotería de los peores.

Y tal es mi suerte, que el destino se olvidó de avisarme.

Es por culpa de uno de estos cabrones cobardes que, en el apuro de hermosearme para salir a bailar con un cojo pata de palo que me llama media hora antes de pasar a recogerme, termino olvidándome de mi fiel Platita. Así llamo a mi pistola, porque es chiquita y plateada. Me hace sentir segura cuando voy por las calles oscuras y desoladas de ciudades que desconozco.

Siempre termino la velada caminando solita. Nunca jamás volver a conocer el amor puro es mi castigo por lo que le hice a Javi.

Una vez que les dejo saber que 'el postre' se lo tendrán que conseguir en otro lado, estas maravillas de hombres salen disparados, como si la noche se les acabara y yo les hubiera hecho perder una inversión de tres horas y diez dólares con cincuenta, más la propina de apenas centavitos que dejan con tal gesto de dolor en la cara que cualquiera pensaría que han dado el diezmo.

Platita se habría encargado de esa banda de forajidos que se aparece de la nada, como truco de magia, en medio de la calle.

Sin tener una estrategia clara, uno de ellos empieza a jalonear mi cartera; pero como la llevo con el cinto atravesado desde la nuca, pasando por debajo del brazo y a lo largo del cuerpo, solamente podrá sacármela si corta el asa o me parte a mí en dos.

Felizmente uno de ellos tiene una navaja y atina a hacer un tajo que, aunque me corta el cuello un poquito, es bastante preciso y logra llevarse su premio sin más forcejeos.

Un tercero me está dando una paliza en todo el cuerpo, yo no sé con qué intención, pues el tesoro de mi cartera marca Cuchi, sin mucho más que veinte dólares y mis documentos, ya está en manos del primero, quien con su compañero ahora únicamente atinan a reír como hienas descontroladas, mientras el otro me patea.

Luego llega un segundo de descanso. Cierro los ojos y ya no los escucho reír, ni los siento golpearme.

Cuando creo que ya todo ha acabado, un cuarto forajido empieza a jalarme del pelo, cortándolo con la misma cuchilla con la que tasajearon el asa de mi cartera.

En ese momento dejo mi cuerpo y veo, al otro lado de la calle, una puerta. Nada especial, un portón de madera antigua, marrón, envejecida y enriquecida por las experiencias de aquellos que han pasado por su umbral antes que yo.

Me pregunto si puedo llegar hasta aquel lado de la calle. Y si lo logro, ¿cómo abriré la puerta?

Mientras pienso, con la mirada clavada al otro lado de la avenida, siento un dolor profundo en el pecho. Al abrir los ojos por última vez, veo al que estuvo cortando mi cabello, ahora acuchillándome.

Levanto la mirada de nuevo. Esta vez distingo una llave colgando de la cerradura de la puerta.

¿Será posible?

¿Será tan fácil?

Lo único que tengo que hacer es levantarme, cruzar la pista hasta el otro lado de la calle, girar esa llave y entrar. Pero mientras cuestiono si en realidad es posible que sea tan fácil, porque, no es por nada, pero nada en mi vida ha sido simple ni mucho menos, ahí precisamente es cuando me pregunto qué es lo que habrá al otro lado de la puerta.

Primero pienso que tal vez es la puerta del cielo. Pero… ¿y si es la puerta del infierno?

¿Será que he obtenido un pase fácil porque mi vida ha sido sufrida y mi muerte está siendo escandalosamente horrible? ¿De esta manera se decide quién entra y quién no?

¿Y si fuera así de sencillo justamente porque el diablo hace truquitos para que vayas para su lado?

No me quiero dejar convencer tan fácilmente. Lo que escoja hacer quedará para toda la eternidad.

Por fin tomo una decisión. Me levanto y cruzo la vía. Me acerco a la puerta.

Estoy temblando, de miedo, de emoción, de alegría, de pesadumbre. No estoy segura de querer hacer esto todavía, pero igual toco la llave. Me había dicho a mí misma que si estaba caliente, esa sería la puerta del infierno. «Jodida en vida, jodida en muerte», deberá leerse en mi epitafio si aquella es mi realidad.

Para mi sorpresa, un manto de esperanza me cubre de pies a cabeza cuando toco la llave. Siento una alegría que nunca antes he sentido. Me despido de mi cuerpo maltrecho, mutilado, ensangrentado. «No me harás falta», le digo. «A donde voy, todos los hombres son buenos». Y con esas últimas palabras cruzo el umbral. Mi vida comienza aquí.

Micaela enfrenta su pasado

La noticia me toma por sorpresa. Estoy en la cima del mundo en estos días: la carrera perfecta, el marido perfecto, la casa, el auto, las vacaciones... El amor intenso de Héctor. Todo lo que se puede desear en esta vida. Y encima, felicidad. Después de años de lucha, por fin me encuentro en paz conmigo misma. Y ahora, esto: cáncer. Sentada en la oficina del doctor, el diagnóstico ni siquiera me parece real.

Cáncer al ojo.

Inmediatamente me pongo bajo cuidado médico.

Los resultados se presentan sin dilación.

No moriré este verano como me pronosticaron.

Vivo.

Pero, como la amiga de mi hija que tuvo cáncer de niña y a la cual le tuvieron que amputar un ojo y parte de la nariz, como aquella a quien yo secretamente llamaba 'el monstruo', el cáncer me dejó también con un rostro a medias. Ahora el monstruo soy yo.

Mis amigas se han emperrechinado en ayudarme a salir de esta depresión con viajes de lujo y visitas a las mejores tiendas de ropa de moda, pero yo he elegido un rumbo alternativo. Enfrentarme a la muerte me ha recordado lo mucho que he vivido, lo mucho que he muerto en cada paso. Ahora solo me queda una ruta que desandar, una persona a quien necesito ver más que a nadie en este mundo. Las misivas, que tardan tanto en llegar a mis manos, no son ya suficientes para anestesiar el dolor de perder a mi madre. La aflicción de haber cambiado mi mundo por uno donde he vivido incompleta me agobia.

En un arranque irreflexivo decido jugarme la vida y rescatarla del manicomio a donde el Doctor Veneno la condenó hace tanto tiempo.

Héctor me rescató a mí. Cuando se enteró de la historia oficial de lo que me había sucedido, y quién era mi padre, él supo que su vida también estaba en peligro. Se fue del país y terminó en casa de un amigo en Miami.

Un día, su amigo, por hacer chacota, le enseñó la página de Internet de las novias colombianas. Siguiéndole la broma, Héctor se sentó con Leonel a 'comprar' una novia. Fue ahí, de casualidad, que me encontró de nuevo y se le ocurrió el plan de pagar por mí.

Leonel y Héctor mantienen correspondencia por correo electrónico con ciertas personas aún en Venezuela. No hemos regresado por temor al Ministro de la Destrucción. A través de amistades de Héctor me entero de que el sanatorio donde mi mamá está recluida queda en Maracaibo. Nos hemos escrito unas cuantas veces. Yo sé que no está loca. Nunca la he sentido más cuerda que a través de sus palabras en las cartas.

∾✑✑

Llego a Colombia y cruzo hasta Venezuela por tierra. Me parece más sencillo pasar desapercibida si entro con un pasaporte falsificado. Dudo que las autoridades fronterizas de inmigraciones en Cúcuta se den cuenta de que soy la hija de Roberto Granada. De todos modos, no me puedo correr el riesgo. Me visto como las mujeres de la zona. No me pongo maquillaje. Dejo mi pelo deshecho, desgreñado, con apariencia de piojosa. No quiero que piensen en más nada que en dejarme pasar rápido. No hablo. No quiero levantar sospechas ni siquiera con lo que digo.

En la frontera miran mi pasaporte. Es un pasaporte venezolano con un nombre que me he prestado de una amiga. Le devolveré su identidad apenas saque a mi mamá del manicomio y la lleve a vivir conmigo en Miami. Miran el documento una y otra vez. Se lo pasan entre los dos agentes que me atienden. Yo estoy quieta, casi sin respirar, prendida de sus movimientos y rogando que no sea esto lo que me impida llegar hasta mi madre. Lo deslizan por un aparatito. Lo sellan. Me dan la bienvenida a Venezuela. Me siento tremendamente aliviada. Dios me permite seguir avanzando.

Tomo un autobús hasta Maracaibo. Los amigos de Leonel me esperan en la terminal. Mientras caminamos hacia la salida, me fijo en un televisor encendido en el cafetín que pasamos. Veo a mi hermano Ernesto en la tele. Está en el Palacio de Miraflores, dando un discurso. Se ha convertido en todo un hombre. Se le ve igualito que mi papá: la misma vestimenta, los mismos gestos, las mismas palabras. «Es un senador muy poderoso», me dice Richie, un antiguo compañero de escuela de Leonel.

Me gustaría ver a Elisa, pero descarto la idea de inmediato. *¿Seguirá casada con Felipe Gallardo? ¿Habrá parido a sus engendros, a los nietos de Satanás?*, me pregunto. Me siento indispuesta de solo pensar en mi familia.

La expedición de rescate dura exactamente un día, tal como planeamos durante meses. Llegar a Venezuela, viajar a Maracaibo, disfrazarnos de enfermeros (Richie, Viviana y yo) y usar los pases falsificados que nos permiten acceder al manicomio donde tienen secuestrada a mi mamá. Decir que la estamos llevando de paseo al jardín, ponerla en el carro de Richie, cambiarla en el camino de regreso a la terminal, cruzar de nuevo por Cúcuta, tomar un vuelo a Miami.

La primera parte de mi plan en caso de morir como consecuencia del cáncer es todo un éxito.

La segunda parte, llevar a mi padre a la Corte Penal Internacional por crímenes contra la humanidad, va en camino.

Ruego que si muero, sea tras completar estas dos fases. Así, cuando me vaya de este mundo, me podré ir tranquila, sabiendo que he contribuido a limpiarlo. Por Sol, por mi mamá, por Héctor... Por todos los que nos tuvimos que ir... y por todos los que han quedado atrás... *Sólo le pido a Dios que la guerra no me sea indiferente.*

Viridiana consigue lo que buscaba

Al diablo no le gusta que sonrías. Aquella fue la lección que aprendí apenas me enamoré de Víctor. Sin saberlo, yo había hecho un pacto con el maléfico el día en que cambié mi repulsiva identidad de pobretona sin atractivo alguno por aquella de mujer poderosa y sin sentimientos, encubierta bajo la careta de heroína. No puedo explicarme de ninguna otra manera por qué sino la única relación verdadera que he tenido, la única que se ofrecía como una puerta de salvación, como una cura mágica contra todas mis enfermedades, me fue de pronto arrebatada de mis brazos.

En un principio dejé que Víctor solamente conociera la parte de mí que yo quería que viera: un espanto de monumento grotesco que me construí en honor a mí, a mis logros, a mis hazañas de súper heroína, a mis supuestas virtudes. Él no podía imaginar que debajo de esa cara dulce, de maneras suaves y generosas, residía realmente un monstruo adicto al poder y al reconocimiento. Una niñita que nunca dejaría de estar sedienta de atención.

Con el paso del tiempo, empecé a creer que el amor de Víctor curaría mi adicción. Las barreras de acceso bajaron. Me relajé. Le permití entrar a secciones de mi mente que antes permanecieron vedadas.

Una tarde de primavera (la recuerdo claramente porque al regresar de mi almuerzo solitario noté las flores en el camino), Víctor decidió pasar por mi oficina para visitarme de sorpresa. Mi amor era un hombre impetuoso e impaciente, y ese día, sin pensarlo mucho, tomó la resolución de romper la promesa que me hizo de nunca presentarse en mi centro de labores.

Como yo no le rendía cuentas de mis actividades en el trabajo, Víctor llegó a la hora que creyó perfecta para invitarme a un café. Pero yo salí a almorzar temprano y por eso no me encontró.

Lili Montes trató de detenerlo, de hacer que esperara en la recepción. Pero mi Víctor, con esa sonrisa y esa conversación amistosa que él tiene, la convenció de dejarlo pasar a mi oficina. Una vez adentro, cerró la puerta y quiso reorganizar el despacho, moviendo muebles para convertirlo en un espacio que invitara a sentarnos cerca el uno del otro, a conversar y besuquearnos como enamoraditos juveniles.

Se encontraba en ese afán cuando tropezó contra la esquina de mi escritorio y unos reportes cayeron a la alfombra, abiertos de par en par.

Siendo tan curioso como es, Víctor los levantó y los leyó. Eran los reportes acerca de Carlos Quesada y Lili Montes. A pesar de que esa historia ya había ocurrido hacía meses, yo la sacaba de vez en cuando para leerla de nuevo, para recordarme a mí misma cómo llegué al puesto en el que me encontraba. ¡Y qué gusto me daba cuando recordaba! La culminación de meses de preparación, de juego, de manipulación... ¡Nunca le hice el amor a Víctor con más ganas que aquella noche!

Víctor leyó horrorizado los reportes. Mis notas al pie y a los lados de cada folio, escritas a mano con tinta roja, le otorgaban mayor significado a la lectura.

Lo encontré sentado en el sofá para visitas. Tenía varios reportes abiertos a su derredor. Algunos, en el suelo; otros, sobre sus piernas. Fotos y recortes de periódico esparcidos por todos lados.

—¿Qué es esto? ¿Qué significa esto, Viridiana? —me gritó apenas me vio entrar en mi oficina.

Mis dos mundos se habían encontrado. El choque que nunca debió suceder ocurrió. Cerré la puerta. Me acerque a él.

—No eres la persona que pensé conocer íntimamente —me dijo con pesar.

—¿Qué es lo que pensaste? ¿Qué es lo que crees que estás viendo?

—Estoy viendo a alguien que no conozco, a alguien capaz de disfrutar maltratando, torturando a otros.

—¿Esa soy yo, Víctor? ¿O soy la que calienta tu cama todas las noches? ¿La que te hace sentir delirante de excitación?

Víctor se levantó. Los reportes cayeron al suelo. Desprendió de la pared el cuadro con el recorte de periódico sobre el incendio del Edificio Caribe y lo lanzó con furia sobre mi escritorio. El vidrio se hizo añicos. Lo estaba perdiendo. Frente a mí se desvanecía lo único que era puro en mi vida.

—¿Y los actos de heroísmo? ¿Mentiras también? —gritó encolerizado al descubrirme.

—¿No te salvé acaso, mi amor? ¿No fui yo la que se bajó por ese cerro para sacarte de tu automóvil después del accidente?

No me contestó. Su mirada infinitamente triste lo dijo todo.

Víctor salió de mi oficina. Nunca más lo volví a ver. No regresó a mi apartamento por sus cosas. Me imagino que quiso evitar la tentación de perdonarme y luego vivir atormentado por ser el amante de la perversidad encarnada.

Tras perder a Víctor, ha quedado un tema pendiente. ¿Quién le dio permiso para entrar en mi oficina? ¿Quién le dio las llaves para abrir mis gavetas? No quedaba otra que la envidiosa de Lili Montes. Si ella no podía tener a su hombre, yo no podía tener al mío.

¡Faltaba más!

Mosca muerta.

Embustera.

Grosera.

Matalascallando.

Deslucida.

Patrañera.

Palitroque.

Petate.

Pinche cabrona.

Habrás ganado una batalla, pero la venganza es toda mía.

❧

Lili Montes no tiene en sí misma los mecanismos necesarios para sobrellevar lo intolerable. Se marchita mucho más rápido de lo que hubiera esperado. No la pelea. No batalla. No me encara. No me responde. No busca algo con que matarme de una buena vez: el crucifijo en el pecho, la estaca de madera, la bala plateada, cualquier cosa para aniquilarme.

Algo, Lili. Algo. ¡Debo haberte dado alguna munición!

Nada.

No me sorprende con la virtud de la valentía que habría esperado de ella. Liliana Montes es una contendiente de ninguna cuantía.

Excepto al final, cuando juzga que su sacrificio será la piedra que por fin derrumbe a Goliat.

Sonrío al encontrar su nota medio escondida en mi asiento, como si hubiera anticipado que la iba a ver muy pronto. Le doy medio punto por su esfuerzo.

Se ve tan serena sentada sobre mi sillón de cuero, la sangre empezando a coagular sobre su frente.

Leo su misiva con anticipación.

«A quien le importe lo que tengo que decir: parto de este mundo con pies ligeros… ligeros porque al elegir cómo y cuándo me retiro de esta ruleta, soy yo la que resuelve y da por terminado este contrato al cual llamamos vida. Me voy porque no puedo vivir un solo día, una sola hora, un solo minuto más anticipando el final de este juego en el que yo sé que perderé. No se me dio la oportunidad de plantear la estrategia o anotar unos cuantos goles a mi favor.

Traté de jugar en circunstancias poco ventajosas. No se puede competir cuando llevas una venda sobre los ojos, o cuando estás amarrada de pies y manos. Son quienes se encuentran libres los que tendrán esas ventajas sobre el resto de nosotros, los que somos esclavos de nuestras circunstancias. Hubiese querido simplemente renunciar, pero siento que aquello no tendría el impacto deseado. Sacrifico mi vida por la de compañeros presentes y futuros, para que nadie tenga que vivir lo que yo he vivido, víctima de abusos todos los días a manos de mi jefa, la licenciadaViridiana Barruesta.

Esta señorita no es una santa, o una salvadora, como muchos piensan. Tampoco es la mujer más poderosa de la ciudad porque aparece en los periódicos o en los noticieros casi todos los días.

Esta señorita se inventa escenarios trágicos para atraer atención y presentarse como protagonista de actos heroicos. Y cuando no puede hacer eso, busca eventos públicos para colarse en la fotografía, con lo que ha logrado ser la mujer más retratada y más reconocida de este Estado, sin siquiera haber movido un dedo para contribuir al bien de la humanidad. La misma humanidad a la que selectivamente y sin ningún asco martiriza, utilizando su posición en la empresa como el cetro real, la varita mágica que le otorga el poder de hacer y deshacer como se le viene en gana, dejando que unos sean libres de abusar y que otros sean abusados.

El mismo licenciado Carlos Quesada, su propio maestro, el que le enseñó las diversas maneras de maltratar y le explicó cómo hacerlo sin dejar huella alguna... Ese Lucifer sufrió las consecuencias de sus lecciones en carne propia. E incluso él, siendo de las peores personas en esta empresa, no se supo explicar qué había hecho para merecer la cacería de brujas a la que la señorita Barruesta lo sometió. Me imagino que a veces al diablo también le toca pagar por crear un monstruo que se sale de su control. El licenciado perdió las riendas, perdió el trabajo y, por último, perdió la vida tratando de regresar a su antigua gloria. No sería el primero en perecer luego de cruzar caminos con mi jefa.

Quiero dejar constancia de que no soy la única en morir por su culpa. Así como yo, otros también se quitaron la vida al ver que no podrían ganar esta pelea. Viridiana Barruesta es peligrosa y no se le debería dejar a cargo ni siquiera de un circo de pulgas.

Por favor, háganme caso. Que mi muerte no sea en vano.

Lili Montes».

Termino de leer la nota. «Disculpa, pero tampoco vas a ganar esta vez, Liliana Montes», murmuro mientras paso mi mano por su mejilla para recoger una lágrima que ha quedado a medio rodar. Y, tomándome mi tiempo para adaptarme a mi personaje de salvadora, pasar el papelito por la trituradora de papel y esconder los pedacitos de papel picado en mi bolsillo, arranco a llorar desconsoladamente mientras grito pidiendo ayuda.

La policía llega al poco rato y es mi turno para explicar lo sucedido, el golpazo que he pasado al encontrar a mi empleada favorita, mi empleada de confianza, mi amiga de oficina, en aquel estado. Les digo que intenté revivirla inútilmente, pero no logré mi cometido. Comento que no sabía qué pasó, qué pudo motivar a este ángel a cometer suicidio, a concluir que debía quitarse la vida. Evidentemente tenía un problema mental que mantuvo secreto frente a todos los demás, y especialmente frente a mí, es lo que murmuro. Les explico que de seguro no quiso que yo viese ese lado de su personalidad, esa debilidad que la llevó a planear y ejecutar su propia muerte. ¡Qué barbaridad! No entendía qué sucedió, cómo esta empleada fiel y ejemplar tomó esa decisión sin siquiera pensar en tener una conversación de mujer a mujer conmigo, repito ante diversos medios de comunicación que llegaron hasta la oficina aquella tarde.

Para cuando se la llevan a la morgue, Liliana Montes ha probado ser la mejor empleada que he tenido en mi vida, pues es gracias a su dedicación que por fin logro un reportaje especial, con foto y todo, en la edición internacional del *Times*. ¡Ahora sí seré famosa!

Agua mi sangre,

tierra mi cuerpo,

aire mi aliento,

fuego mi espíritu.

Presente, pasado, futuro se muestran.

Y en el centro de ellos, tú.

Ahora, con los ojos completamente abiertos.

Dime, querida mía,

¿cuál camino tomarás?

La instrucción precisa, el saber precioso

Nos encontraron dormiditas al anunciarse el nuevo día. Estábamos acurrucadas unas encima de las otras. Cabezas encima de nalgas, piernas entrelazadas con brazos. Círculo de pensamientos entretejidos. Pasado. Presente. Futuro. Todo junto. Todo yuxtapuesto. Lo tuyo. Lo mío. Todo mezclado. Sin fronteras. Sin límites. Sin delimitación clara de dónde terminas tú y dónde empiezo yo. Mente. Alma. Cuerpo. Todo en un solo lugar. Yo aprendo de ti, tú aprendes de mí.

La choza se vino abajo durante la noche y casi nos asfixió. ¿O fue que realmente nos sofocamos, y que la carpa cayera sobre nosotras nos salvó de morir?

Habíamos perdido conciencia por varias horas. ¿O habíamos ganado consciencia, lucidez y sabiduría que no sabíamos era posible adquirir, durante las horas en las que, al parecer, nos debatimos entre este mundo y el otro?

El mismo grupo que me contrató fue el que nos rescató en ese amanecer y nos llevó a mi casa. Fui yo la única que permaneció consciente, la única que recibió mensajes específicos para cada una de las mujeres. Antes de que ninguna de las cuatro se despertara, los tres hombres y la niña se despidieron y desaparecieron.

Llegado el mediodía, me puse a preparar el almuerzo mientras meditaba acerca de la experiencia vivida.

En silencio repasé en mi mente los hechos de los últimos dos días. Ciertamente hubo algo de mágico, algo de divino, en lo ocurrido.

¿Quiénes eran esas personas? Nunca lo sabría. ¿Ángeles? ¿Diablos? ¿Enviados divinos? ¿Simples humanos? Podía sentarme y elucubrar hasta pasado mañana. El hecho era que nos pusieron juntas en un presente y que eso constituía un regalo, un obsequio que muy pocas tienen la suerte de recibir.

El olor de la comida en la estufa despertó por fin a las otras. Una por una se fueron acercando.

—¿Qué pasó? ¿Dónde estamos? —preguntó Micaela, sobándose los ojos.

—Nunca nos dijiste tu nombre… —añadió Anaisa, entrando en la cocina.

—Me llaman Tezcatl —contesté, mientras picaba las verduras que añadiría a la sopa que estaba preparando. Quería cocinar un platillo que nos renovara físicamente y cuya preparación tomara tanto tiempo como el que necesitábamos para conversar acerca de lo sucedido.

—¿Qué significa? —preguntó Damaris.

—'Espejo'. Es un apodo en náhuatl —respondí.

Quedamos en silencio por un momento. Les repartí verduras y cuchillos para que me ayudaran con la comida, pero sobre todo para que nos ayudáramos mutuamente a entender. Los hechos de aquella noche tenían que ser explicados por todas nosotras, juntas.

—En serio, ¿qué pasó? —demandó Viridiana—. Este no fue un truco turístico. Yo sentí cosas que nunca he sentido.

—¿Arrepentimiento? —preguntó Micaela.

—¿Tristeza? —añadió Anaisa.

—¿Vergüenza? —indagó Damaris.

—Todo eso… y todo lo que sintieron las personas con las que he tratado en los últimos años…

—Vi todo lo que pasó contigo… Sentí todo, también —indicó Micaela.

—¿Ustedes vieron lo que yo vi? ¿Sintieron lo que yo sentí? —preguntó Viridiana. Había perdido su actitud pretenciosa y altanera. Su careta estaba cayendo. Sus defensas, bajando.

—Has tenido una vida tumultuosa —bromeó Anaisa.

—Todas han tenido vidas... digamos, interesantes... —señalé.

—¿Entonces, es verdad que ustedes saben... que ustedes saben que maté a mi marido? —acertó a decir Damaris cuando se dio cuenta de que todas vivimos testimonialmente el pasado de las otras.

—En defensa propia, se lo merecía por lo que te estaba haciendo —contestó Micaela, pasándole la mano por encima del hombro.

—¿Y que yo llevé a muchos a morir de la pena, de la humillación? —intervino Viridiana, sintiendo de pronto un dolor intenso por todas y cada una de sus acciones.

—Lo que no entiendo es que todavía esté viva. Yo me vi morir en ese ataque —dijo Damaris.

—¡Y Liliana Montes no se ha suicidado! —intervino Viridiana, sintiendo esperanza.

—Mi mamá está todavía en un manicomio... —añadió Micaela, quien gozó de la visión del regreso a su patria para hacerse cargo de su madre.

—¿Estamos muertas? —preguntó Anaisa, cuando cayó en la cuenta de que algunos de los recuerdos correspondían a sucesos que realmente ocurrieron, en tanto que otros no.

Las mujeres entraron en pánico tratando de identificar su situación actual, si estaban vivas o muertas. Yo podía ver que era el momento de aplicar mis conocimientos y mi experiencia.

—Calma. No estamos muertas. Algo muy fuera de lo común sucedió anoche —dije, intentando explicar con palabras lo acaecido—. Como les explicaron, el temazcal atrae a los espíritus del pasado para ofrecer guía y sanación. Lo que yo no esperaba era que nuestras experiencias se entremezclasen de tal manera que todas vivimos lo que las otras vivieron.

—No entiendo. Si no estamos muertas, si estoy todavía viva, si nadie me ha asesinado, entonces no entiendo qué pasó. ¿Ustedes vieron eso también? —intentó aclarar Damaris, interrumpiendo lo que esperaba fuera una explicación lógica de hechos insólitos.

Todas asentimos.

—Vimos el pasado de cada una. ¿Estamos de acuerdo? —pregunté.

Todas asintieron.

—Excepto el tuyo. ¿Por qué? —dijo Viridiana.

—Porque mi experiencia personal no era parte de este acuerdo. Pero volvamos a las partes de la historia de cada una que no entendimos. Pienso que fueron vistazos del futuro —contesté.

—¿Premoniciones? —preguntó Micaela.

—¡Exacto! Tienen que ser premoniciones —saltó Anaisa.

—Creo que esa sería la respuesta precisa —acoté.

Continuamos echando verduras picadas en la sopa. Les serví una infusión de manzanilla y anís con unas gotitas de miel mientras conversábamos.

De pronto recordé al grupo que vino a verme para hablarme de esas mujeres, el mismo que nos rescató. ¡Esos cuatro debían ser claves para resolver ya mismo aquella intriga!

—¿Y ustedes conocen a las personas que me contrataron? —pregunté.

Todas se miraron confundidas.

—Yo no hablé con nadie. A mí me llegó una invitación al crucero donde trabajo… —dijo Damaris.

—Lo mismo me ocurrió a mí. Me gané un viaje en crucero, y luego, a la segunda noche en alta mar, recibí en mi cabina una tarjeta invitándome al temazcal… —añadió Anaisa.

—¡Exacto! —chilló Viridiana.

—No lo puedo creer. También fue así conmigo. Me dio curiosidad, por eso vine —explicó Micaela.

—Fueron escogidas, seleccionadas, por alguien que se preocupa por cada una de ustedes. Por su pasado, por su presente, por su futuro —aclaré.

—¿Un espíritu? ¿Me vas a decir que un espíritu puede enviar invitaciones y pagar viajes en crucero? —preguntó Viridiana.

—No sabemos cómo, pero, en casos extremos, cuando los espíritus quieren hablarte, hacerte ver… sí pueden recurrir a medidas, digámoslo así, fuera de este mundo —expliqué.

—Pero lo hecho, hecho está. Javi está muerto… Y yo lo maté —sollozó Damaris, ovillándose en su asiento y escondiendo su rostro entre sus piernas.

Nos quedamos en silencio. Queríamos consolarla de alguna manera, pero no sabíamos cómo. De pronto recordé las últimas palabras de los desconocidos y el rompecabezas terminó de armarse frente a mis ojos.

—Javi dice que te perdona —dije, sonriendo al comprender de qué se trataban los mensajes que recibí al amanecer.

Damaris me miró agradecida y se puso a llorar desconsoladamente. Años de culpa fluyeron, dejando toda la sal de sus lágrimas en el tazón con sopa que tenía delante de ella.

Las otras tres la abrazaron sin decir nada.

—Yo también te perdono, Javi... —murmuró Damaris. Y con esas palabras empezó a percibir que su ser se llenaba de una esperanza, de una misericordia que no había experimentado en todos esos años. Sintió el perdón de Javi y el suyo tomándose de las manos, uniendo el acto consciente de absolución con los espíritus de ambos. El peso que la mantuvo anclada en el pasado, reviviendo el abuso con cada pareja que tuvo, empezó a desvanecerse para dar cabida a la Damaris de su juventud, la que adoraba a su Javerche antes de que se volviera en contra de ella.

—Dijiste que otros también estuvieron aquí. ¿Sabes quiénes eran? —preguntó Viridiana intranquila—. ¿Sabes si me dejaron algún buen mensaje a mí? ¡Siento tanto remordimiento por todo lo que he hecho!

—Un hombre mayor, con aspecto de empresario, fue parte del grupo. Me pidió que te dijera que no lo hagas, que no vale la pena, que tu corazón terminará explotando en mil pedazos y entonces te pasarás la eternidad tratando de colocar aquellos fragmentos, aquellos trozos desgarrados de ti, juntos nuevamente. ¿Entiendes el mensaje? —pregunté, colocando con la mayor delicadeza posible mi mano sobre su hombro.

—Sí... El hombre, ¿era Carlos Quesada? —contestó, todavía sin saber qué hacer con el mensaje.

—No dejaron nombres… ni tarjetas de negocio —bromeé—. Pero sabían que ustedes entenderían.

Viridiana entendió. Supo que, al enviarle aquel mensaje, Quesada le transmitió perdón y más bien quería prevenirla de no hacer con su vida lo que él hizo con la suya.

En un gesto nuevo para ella, Viridiana se acercó a Damaris y la consoló, pasando sus manos gentilmente sobre sus hombros.

—Estás perdonada, Damaris. Estamos perdonadas. Hemos sido absueltas —murmuró Viridiana al oído de Damaris.

Damaris le contestó abrazándola con mucha fuerza. Las dos lloraron juntas.

Admiradas, Anaisa, Micaela y yo contemplamos el desenlace de aquellas vidas que ahora también sentíamos que nos pertenecían. Podíamos apreciar cómo en aquel momento Damaris y Viridiana se liberaban de las ataduras que las congelaron en una repetición incesante de las mismas acciones, una y otra vez, hasta que todo perdiese el color, la alegría de vivir a plenitud cada momento.

Las otras dos no podían disimular su curiosidad.

—¿Cuál fue mi mensaje? —preguntó Anaisa.

—En este reino no muere nadie —contesté—. El hombre que vino a verme llevaba puesta una capa…

—…hecha con retazos de tela… Era Kamehameha. ¡El rey estuvo aquí! —sonrió Anaisa, entendiendo que, al no dejarla caer, el rey le estaba diciendo que si fue por ella por quien dio su vida aquella noche en el mar, era precisamente ella quien tenía que seguir para adelante la obra que él dejó, que el trabajo que recién iniciaba con los desamparados era el camino correcto.

– Que la guerra no te sea indiferente, fue tu mensaje, Micaela —dije a la que esperó su turno, generosamente mordiéndose la lengua para evitar tomar el lugar de alguna de las otras.

—¿Mi mensaje? Es la letra de mi canción favorita —dijo Micaela, sin entender lo que aquello significaba—. ¿Podrías describir al mensajero?

—Una niña. Su rostro deformado por lo que yo pienso fue fuego. Un ojo saliéndose de la órbita… pero no se me hizo repulsiva, ni mucho menos, más bien era un ser que irradiaba paz —contesté.

—¿¿¿Sol??? —dijo Micaela, entre llorosa y agradecida de que hubiese sido su mejor amiga de la infancia, la que la acompañó en su corazón durante todos esos años, la que ahora le rogaba que acabara con los asaltos entre humanos que tanto les costó a ambas.

Las cuatro se quedaron recuperándose en mi casa durante unos días. Al final de la semana, Anaisa y Micaela regresaron a sus vidas y a sus misiones.

Anaisa, a velar por la seguridad y el bienestar de los marginales, de los desamparados por quienes lucharía en los años que seguirían, junto con su marido Peter Paul Pedro Parker Martínez, no solamente para ofrecerles bienes materiales, sino también para compartir con el mundo su testimonio personal acerca de ese grupo de gente al que ella consideraba le debía su nueva vida.

Micaela viajó a Venezuela para rescatar a su madre del manicomio. Más adelante, decidió tomar los asuntos de la venta de armas y el tráfico de mujeres en sus manos. Lo primero que hizo cuando se armó de bravura fue lanzar una agresiva campaña contra aquel al que ella consideraba estar en la médula del problema: su padre, el Lugarteniente del Maléfico en persona. Cuando terminó con el Comandante Zambobazo, salió a buscar a los vendedores de novias colombianas. Empezó por Papi, a quien encontró en el mismo hotel en donde ella vivió tantos años. A la primera que rescató fue a Kandy, quien es ahora su asistente. El cáncer nunca la alcanzó.

Damaris y Viridiana se quedaron conmigo. Su deseo era aprender cómo convertir sus experiencias y sus visiones de aquella noche en algo productivo y que de alguna manera beneficiara a la sociedad. Les enseñé todo lo que sabía. Juntas compartimos docenas de ceremonias de temazcal y ayudamos a otros en el proceso de sanación.

Viridiana optó por pedirle perdón a Liliana Montes a través de misivas que enviaba trimestralmente. En un inicio, en aquellas cartas Viridiana explicaba su conducta, e indicaba su arrepentimiento, su dolor. Más adelante, se dio cuenta de que para que aquella señorita la perdonara tendría que realizar actos de contrición verdadera. Fue así como Viridiana se transformó en la guía de Lili, asesorándola incansablemente hasta que logró convertirla en la mejor ejecutiva que la Compañía de Seguridad para las Américas hubiera tenido.

Damaris encontró la valentía para escribirle a su familia y compartir con ella los hechos que la llevaron a dejar su país. Pensaba entregarse a las autoridades y hasta les escribió detallando los sucesos de la noche en que mató a su marido. Pero cuando la policía fue a buscar el cadáver de Javerche Espinal en el jardín de la casa que compartieron, lo único que halló fue un terreno repleto de punta a punta con rosas de Bayahibe.

Pasaron varios años antes de que Damaris y Viridiana se reintegraran a la sociedad, presentando entonces versiones renovadas de sí mismas, seres que ahora prestarían servicios a otras mujeres que, como

ellas, fueron víctimas y victimarias, abusadas y abu-
sadoras.

Claridad acerca del pasado, el presente y el futuro. Nadie puede pedir nada mejor. Vivimos con intensidad una noche de penas, pero haber sido espec-
tadoras y actoras de lo que fuimos, de lo que somos y
de lo que seríamos, nos orientó de una manera específica, enviándonos instrucción detallada para que en
los días y en los años que siguieran ninguna de nosotras penara ni una sola hora más del resto de nuestras vidas. Y así fue.